人生妙境

赵丽宏 著

赵丽宏经典散文
学生读本

山东文艺出版社

目 录

第一单元　精读美文

003／雨中

005／附：采花散记——散文创作感想点滴

010／小鸟，你飞向何方

015／附：鸟儿飞去又飞来——关于散文《小鸟，你飞向何方》

018／周庄水韵

020／附：用文字画出天籁

023／旷野的微光

026／附：做一个读书人的幸福

030／与象共舞

033／顶碗少年

036／望月

040／为你打开一扇门——《中国学生必读文库·文学卷》序

043／致大雁

047／诗魂

第二单元　泛读美文

一　不熄的暖灯

059 / 童年的河

064 / 母亲和书

068 / 学步

071 / 挥手——怀念我的父亲

080 / 二寸之间

083 / 亲婆

095 / 囚蚁

097 / 不褪色的迷失

101 / 不熄的暖灯——怀念冰心

105 / 青鸟

111 / 永远的守灯人

117 / 溃散的黑暗

二　在急流中

125 / 冰霜花

128 / 天香

132 / 假如你想做一株蜡梅

目 录

135 / 印象·幻影

141 / 最后的微笑

144 / 在急流中

146 / 蝈蝈

148 / 炊烟

151 / 历史

154 / 青春

156 / 会思想的芦苇

三　晨昏诺日朗

161 / 山雨

163 / 西湖秋意

168 / 黄河之水

171 / 晨昏诺日朗

175 / 三峡船夫曲

179 / 但丁的目光

182 / 土地啊……

186 / 风啊，你这弹琴的老手

191 / 大漠古城

194 / 异乡的天籁

四　望星空

201 / 人生妙境

205 / 流水和高山

212 / 说风雅

215 / 人生是一本书

217 / 愿你的枝头长出真的叶子

222 / 望星空

225 / 除夕诗意

227 / 光阴

229 / 贵在创造

232 / 温暖的烛光

附录

238 / 赵丽宏入选语文教材和教学阅读用书作品一览

第一单元 精读美文

雨 中

傍晚,天边飘来一朵暗红色的云。天还没落黑,就淅淅沥沥下起雨来。

热闹了一天的城市,在雨中渐渐安静下来。汹涌的人潮流进了千家万户,水淋淋的马路,像一条闪闪发光的绸带,在初夏的绿荫中轻轻地飘。一群刚刚放学的孩子撑着雨伞,仿佛是浮动的点点花瓣;偶尔过往的车辆,就像水波里穿梭的小船……

一个年轻的姑娘拉着一辆小运货车,在雨中急匆匆地走来。车上,装着两大筐苹果,红彤彤的,黄澄澄的,堆得冒出了箩筐。许是心急,许是路滑,在马路拐弯处,只见小车一歪,一只箩筐,翻倒在马路上,又圆又红的大苹果,滴溜溜地在湿漉漉的路面上蹦跳着,蹦到了马路中间,跳到了马路对面,一时滚得满地都是。姑娘赶紧放下车把,慌里慌张拾了起来。几百个苹果散了一地,哪里来得及捡呢!姑娘捡起了这个,滚走了那个,眼看,汽车嘟嘟叫着从远处驶来……

正好,有一群放学回家的孩子们走过这里,没等姑娘招呼,他们就奔过去,七手八脚地捡了起来。姑娘直起身子,不由皱起了眉头,哦,假使遇上一帮淘气的孩子,每人捡几个苹果一哄而散,挡也没法儿挡呀！仿佛看出了她的焦虑，一个胖乎乎的小男孩走到她身边，说："不要着急，大姐姐，一个苹果也不会少！"说罢，他解下脖子上的红领巾，大声叫道："刚刚、彬彬、小军，来，跟我封锁交通！"然后，又不停地摆动红领巾，向驶近的汽车大声叫着："停一停！停一停！"

　　一辆大卡车停下来了。司机是个小伙子，他把头伸出车窗一瞧，笑了，然后砰的一声打开车门，跳下车和孩子们一块儿捡起苹果来。一辆小轿车停下来了，一位满头白发的老人也走下车来了。路边，过往的行人也来了。大大小小的人们混在一起，追逐着满地乱滚的苹果，宁静的马路顿时热闹起来……

　　这一切，发生得这样突然，又结束得这样迅速。我们的那位运苹果的姑娘，还没来得及说声谢谢，帮助拾苹果的人们已经消散在雨帘里。孩子们嬉笑着撑开伞，唱着歌儿走了，卡车和轿车也开走了。只有那一筐散而复聚的大苹果，经过这一趟小小的旅行，变得水淋淋的，在姑娘身边闪着亮晶晶的光芒。

　　两筐苹果，几个孩子，一场为夏天的闷热带来万般清凉的雨……这些本来毫不相干的事物，在一个偶然的机会里，却相互关联着，组成了一个并不宏大，却十分动人的场面——留下了很多的深思，随着这绵绵长长的雨丝，随着这拂面而来的夜风，流进了一条条大街小弄，或许，也流进了人们的心里……

　　在夏天，这样的雨是很多的。

　　我盼望着……

　　雨，还在飘飘洒洒。恢复了宁静的马路，依然像条闪光的绸带，在雨帘里轻轻地飘。运苹果的姑娘目送着孩子们彩色的雨伞，突然感到，这初夏的雨点，是那么清凉，这雨中的世界，是那么清新……

[附]

采花散记
——散文创作感想点滴

美是到处都有的,对于我们的眼睛,不是缺少美,而是缺少发现。

——罗丹

散文,应当给人以美的享受,美的启示。写散文,就是挖掘、展现人们生活中的美、心灵中的美。生活如同一片绿茸茸的原野,美好的事物是一些不显眼的小花,被绿草覆盖着,用心寻觅,才会发现,才能采撷。当你手捧鲜花,扎成一束,那缤纷艳丽的色彩,便会令人感叹:哦,生活是这样美好!

贵阳街头的四季海棠

贵阳街头,几乎家家户户的阳台和窗台上都栽有一盆盆花草。其中,尤以四季海棠居多,那一团一团火焰般的小花,使人心头火热,使人眼睛发亮。贵阳人是爱美并懂得创造美的。我不由动了写一篇散文的念头。要写出贵阳人的种花爱美,更要写出他们热爱美、追求美的精神世界,写出他们的心灵之美。在我提笔构思时,不禁想起了一件小事——

那是一次问路。在市中心,一位穿着漂亮的姑娘热情而详尽地回答了我的问询,最后还特别叮嘱:"记住,方向不要弄错了!"我有过问路遭白眼、被愚弄的不快经历，而这位贵阳姑娘的寥寥数语，却教人感受到花朵的芬芳和温馨。她把人与人之间的敬重、体贴和友爱，不留名姓地奉献给了一位异乡客。这种淳朴、这种挚诚，不正是最真实、最自然的美吗？于是，我把贵阳街头的四季海棠和问路情景，糅合在一起，写成散文《四季海棠》。

平凡的事物中蕴藏着美。善于发掘，勤于积累，这就是写好散文的关键。

飞雪中的银柳

暮冬，一个飘着雪花的黄昏，两个站在路边卖花的女青年引起了我的注意。她们各挎一只竹篮，篮里插满了银柳，也许是初次上街卖花，不免怯生生的。几个小青年围在一边看热闹。

"喂，你们是哪里来的？"一个小青年不友好地问。姑娘脸上的羞怯消失了。一个姑娘平静地说："我们是待业青年，怎么，不可以卖花吗？"

对方半晌才想出一句话："你们的银柳只有一种颜色，多单调，为什么不染成五颜六色的呢？"姑娘的回答很简单："本色才是最美的，干吗要去染它呢！"她们忙着把一扎一扎银柳递给买花的人们，不再理会那几个小青年。

这两个卖花姑娘从外表到内心，都给人一种美的感受。作为待业青年，她们没有颓丧，没有怨天尤人、自暴自弃，而是用自己的劳动，为人们的生活奉献着美，传播着春天的信息——她们仿佛在用自己的微笑和行动告诉人们：人的心灵和生活，都应该是美好的。

千把字的《银柳》成文之后，有位朋友对我说，待业姑娘冒雪卖花，这场面给人凄凉之感。我说，姑娘身上毫无自卑消沉之气，相反，她们纯真开朗，对生活充满着信心。随着春天的来临，姑娘的处境定会好转。因此，在《银柳》的结尾，我这样写道：

　　夜深了。在万物复苏的原野里，那些银柳，已经变成了新绿摇曳的春天之树，更加妩媚地装点着美好的大自然。那个卖银柳的姑娘呢？我想，她和她的伙伴们，或许也会有一些令人欣喜的变化吧。我衷心地为她们祝福。

在恢复了春天的祖国大地上，到处有美的萌芽、美的蓓蕾，即便是在一些阳光未到的角落，也有种子悄悄地拱破泥土。假如你有一颗热爱生活的心，那你绝不可能视而不见的。

绵绵不绝的夏雨

　　正是下班的时候，天已黄昏，路人匆匆。我在汽车站遇到这样一件事：急忙赶着乘车的人，不小心碰翻了车站边的水果摊，苹果滚到马路上。摆摊的老人急得直叫，唯恐人们在混乱中捡走或踩坏他的苹果。谁知道，见此情景的行人过客纷纷前来相帮，转眼之间，一地苹果重又回到了老人的摊头上……当时，我也是捡苹果行列中的一个。一切恢复了平静，我的心里却掀起了波澜。丰子恺先生在新中国成立前画过这样一幅漫画：一位卖瓜老人的瓜担被打翻了，路人趁火打劫，大嚼其瓜。老人四顾惶然，无可奈何……这与刚才发生的事情，形成了多么强烈的对比！苹果的失而复得，正是从一个侧面反映了我们这个时代的精神面貌，表现了新社会人们之间的和睦关系。我对素材进行了提炼，对人物、环境也做了修改，还加上了一场清凉而富有诗意的雨，让人物的活动、思想和感情，都集中在这场飘飘洒洒的夏雨中，诗一般地展开。

  好的散文,应当具有诗的意境、诗的韵味、诗的节奏。这篇题为《雨中》的散文,我就是当作诗歌来写的。一切写景、抒情,甚至叙述,都力求表现一个"美"字,力求烘托一种隽永的意境和清新的气氛,而这些,又都是为了衬托人物心灵的美。文章开头的环境描写,我是这样写的:

  傍晚,天边飘来一朵暗红色的云。天还没落黑,就淅淅沥沥下起雨来。

  热闹了一天的城市,在雨中渐渐安静下来。汹涌的人潮流进了千家万户,水淋淋的马路,像一条闪闪发光的绸带,在初夏的绿荫中轻轻地飘。一群刚刚放学的孩子撑着雨伞,仿佛是浮动的点点花瓣;偶尔过往的车辆,就像水波里穿梭的小船……

  这既是必要的铺垫,也为全文奠定了一种清新优美的基调。即便是叙述,我也尽力追求一点诗情画意,避免枯燥的交代,寓情意于画面和动作之中,如:

  一辆大卡车停下来了。司机是个小伙子,他把头伸出车窗一瞧,笑了,然后砰的一声打开车门,跳下车和孩子们一块儿捡起苹果来。一辆小轿车停下来了,一位满头白发的老人也走下车来了。路边,过往的行人也来了。大大小小的人们混在一起,追逐着满地乱滚的苹果……

  文章结尾时,很自然地抒发了自己的感情:

雨 中

  两筐苹果，几个孩子，一场为夏天的闷热带来万般清凉的雨……这些本来毫不相干的事物，在一个偶然的机会里，却相互关联着，组成了一个并不宏大，却十分动人的场面——留下了很多的深思，随着这绵绵长长的雨丝，随着这拂面而来的夜风，流进了一条条大街小弄，或许，也流进了人们的心里……
  在夏天，这样的雨是很多的。
  我盼望着……

  确实，这样的雨，在我们的生活里绵绵不绝，到处都有。倘若你不留心，它们便会悄然飘散，流逝在土地中。

小鸟,你飞向何方

在黄昏的微光里,有那清晨的鸟儿来到了我的沉默的鸟巢里。

我喜欢泰戈尔的诗。还在读中学的时候,泰戈尔就把我迷住了,一本薄薄的《飞鸟集》,竟被我纤嫩的手指翻得稀烂。那些充满着光彩和幻想的诗句,曾多少次拨动我少年的心弦……

《飞鸟集》破损了,我渴望再得到一本。然而,"文化大革命"一开始,这个小小的愿望,竟成了梦想。我的那本破烂的《飞鸟集》,也被人拿去投入街头烧书的熊熊烈火中,暗红色的灰烬在火光里飞舞,飘飘洒洒,纷纷扬扬。我仿佛看见老态龙钟的泰戈尔在火光里站着,烈火烧红了他的白发,烧红了他的银须,也烧红了他的朴素的白袍。他用他那冷峻而又安详的目光注视着这一切,看着,看着,他的神色变了,似有几许惊恐,几许不安,也有几许愤怒,几许嘲讽……

我还是喜欢泰戈尔。在动乱的岁月里,我默默地背诵着他的诗,以求得几分心灵的安宁。"诗人的风,正出经海洋和森林,求它自己的歌声。"我陶醉在他所描绘的大自然中了——那宁静而又浮躁的海洋,那广袤而又多变的天空,那温暖而又清澈的湖泊,那葱郁而又古老的森林……

有一天，我忽然异想天开了：到旧书店去走走，看能不能找到几本好书。结果当然叫人失望。但，我发现，有时还会有几本"罪当火烧"的书出现在书架上，或许，这是由于店员的粗心吧。于是，我抱着几分侥幸，三天两头往旧书店跑。一个星期天的早晨，我又走进冷冷清清的旧书店。我的目光，久久地在一排排大红的书脊中扫动。突然，我的眼睛发亮了：一条翠绿色的书脊，赫然跻身在一片红色之间。呵，竟是《飞鸟集》！

该不会有另一种《飞鸟集》吧？我不相信自己的眼睛，仔细一看，果真有泰戈尔的名字。随即，我又紧张了，是的，这年头，得而复失的太多了。挤压着《飞鸟集》的一片红色，又使我想起街头那一堆堆焚书的烈火，那漫天飞扬的纸灰……我赶紧向书架伸出手去。

几乎是同时，旁边也伸出一只手来，两只手，都紧紧地捏住了《飞鸟集》。这是一只瘦小白皙的手，一只小姑娘的手。我转过脸来，正迎上两道清亮的目光——一个中学生模样的小姑娘站在我身旁，抬起脸看着我，白圆的脸上，一双清秀的眼睛眨巴眨巴地闪动着，像一潭清澈见底的泉水，微波起伏，平静中略带点惊讶。

我愣住了，手捏着书脊，不知如何是好。还是她开了口："你也要它吗？那就给你吧。"声音，清脆得像小鸟在唱歌。

我的脑海里忽然旋起个念头：在这样的时候，她还会喜欢泰戈尔？莫非，她根本不知道这是怎样一本书？于是，我轻轻问道："你知道，这是谁的书？"

"谁的书！"小姑娘抬起头来，颇有些惊奇地看着我，秀美的眼睛睁得滚圆，转而，开心地笑起来，一边笑，一边做了个鬼脸："这是一个老爷爷的书，一个满脸白胡子的印度老爷爷。我喜欢他。"说罢，用手做着捋胡子的样子，又咯咯地笑了。如同平静的池塘里投进了一颗石子，笑声，在静静的店堂里荡漾……

啊，还真是个熟悉泰戈尔的！我多么想和她谈谈泰戈尔，谈谈我所喜欢的那些作家，谈谈几乎已被人们遗忘了的世界呵！然而，这样的年头，这样的场合，这样的谈话肯定是不合时宜的，即便年轻，我还是懂得这一点。小姑娘见我呆呆地不吭声，唰的一下把《飞鸟集》从书架上抽下来，塞到我手中："给你吧，我家里还藏着一本呢！"没等我作出任何反应，她已经转身去了。我只看见她的背影：一件淡紫色的衬衫，上面开满了白色的小花；两根垂到腰间的长辫，随着她轻快的脚步摆动……

她走了，像一缕轻盈的风，像一阵清凉的雨，像一曲优美的歌……

夏天的飞鸟，飞到我窗前唱歌，又飞去了。

旧书店里的那次邂逅，留给我的印象竟是那么强烈。真的，生活中有些偶然发生的事情，有时会深深地刻进记忆中，永远也忘记不了。我不知道那个小姑娘的名字，甚至没有看仔细她的容貌，但，她从此却常常地闯到我的记忆中来了。当我看着那些在街头吸烟、无聊踯躅的青年，心头忧郁发闷的时候，当我读着那些大吹"知识越多越反动"的奇文，两眼茫然迷离的时候，她，就会悄悄地站到我的面前，眨着一对明亮的眼睛，莞尔一笑，把一本《飞鸟集》塞到我手中，然后，是那唱歌一般悦耳的声音："这是一个老爷爷的书，给你吧，我家里还藏着一本呢！"……

她使我惶乱的思想得到一丝欣慰，她使我空虚的心灵得到几分充实。她使我相信：并不是所有的青年人都忘记了世界，抛弃了前人创造的文化，抛弃了那些属于全体人类的美的事物！

有时,我真想再见到这位小姑娘,可是,偌大个城市,哪里找得到她呢?有时,我却又怕见到她,因为,在这些岁月里,有多少纯真的青年人变了,变得世故,变得粗俗,就像炎夏久旱之后的秧苗,失去了水灵灵的翠绿,萎缩了,枯黄了。我怕再见到她以后,便会永远丢失那段美好的回忆。

一次,我在街上走着,迎面过来几个时髦的姑娘,潇洒飘拂的波浪长发,色调浓艳的喇叭裤子,高跟鞋踏得嘟嘟作响,香脂味随着轻风飘漾。她们指手画脚大声谈笑着,毫无顾忌,似乎故意招摇过市,引得路人纷纷投去惊奇的目光,目光之中,不无鄙视。对那些衣着打扮,我倒并没有反感,只是她们的神态……

我忽然发现,这中间有一张似曾相识的脸——呵,难道是她?是那个在书店遇见的姑娘!真有点像呀!我的心不禁一阵抽搐。我迎上去,想打招呼,她却根本不认识我,连看都不看一眼,勾着女伴的颈脖,嬉笑着从我身边走过去。哦,不是她,但愿不是她,我默默地安慰着自己,呆立在路边,闭上了眼睛……

是的,这绝不会是她。然而,这件小事却给了我心头重重一击。工作之余,我又打开泰戈尔的诗集。泰戈尔,这位异国的诗人,毕竟离我们遥远了,他怎么能回答我们这一代青年人的疑虑和苦恼呢!他的一些含着神秘色彩的诗句,竟使我增添许多莫名的忧愁和烦闷。"有些看不见的手指,如懒懒的微飔似的,正在我的心上,奏着潺湲的乐声"。可"我知道我的忧伤会伸展开它的红玫瑰叶子,把心开向太阳"!

冬天的小鸟啁啾着,要飞向何方?

历尽了一场肃杀的寒冬,春天来了。经过冰雪的煎熬,经过风暴的洗礼，多少年轻的心灵复苏了，他们告别了愚昧，告别了忧郁，告别了轻狂，向光明的未来迈开了脚步。就像泥土里的种子，悄悄地萌发出水灵灵的嫩芽，使劲顶出地面，在春风春雨里舒展开青翠的枝叶……

恍若梦境，我竟考上了大学。去报到之前，我清理着我的小小的书库，找几本心爱的书随身带着，第一本，就想到了《飞鸟集》。呵，她在哪里呢？那个许多年前在书店里遇见的小姑娘！此刻，即使她站到我面前，我大概也不会认识她了，可是，我多么想知道，她在哪里……

人流，长长不断的人流，浩浩荡荡涌向校门。我随着报到的人群，慢慢地向前走着。不知怎的，我仿佛有一种预感——在这重进校门的队伍中，会遇见她。于是，我频频四顾，在人群中寻找着。

一次又一次，我似乎见到了她——她背着书包走过来了，脚步，已不似当年轻盈，却稳重了，坚定了；身上，还是那一件淡紫色的衬衫，上面开满了白色的小花；两根垂到腰间的长辫，轻轻地晃动着……

这不过是幻觉而已，我找不到她。在这支源源不绝的人流里，有那么多的小伙，那么多的姑娘，哪有这样巧的事情呢？可是，我的心头还是涌起了几分惆怅，眼前，仿佛又掠过几年前在街头见到的那一幕……

有人撞到我的脚跟上，我一下子从沉思中惊醒。身边，是笑声，是歌声，是脚步声。我不禁哑然失笑了。脑海中，突然跳出几行不知是谁写的诗句来：

你呀，你呀，何必那么傻，
经过一场风寒，就以为万物肃杀。

闻一闻风儿中春的芳馨吧，

生活，总要向美好转化！

我抬起头来，幽蓝的天空，辽远而又纯净——这是春天的晴空呵！一群又一群鸟儿从远方来了，它们欢叫着，扇动着翅膀，划过透明的青天，飞呵，飞呵，飞……

[附]

鸟儿飞去又飞来

——关于散文《小鸟，你飞向何方》

1979 年，我是华东师范大学中文系二年级的学生。那年年底，在文史楼的教室里，我用几张旧报告纸，断断续续花了几天时间，写出了散文《小鸟，你飞向何方》的草稿。这篇散文，写的是我在"文革"中的生活经历和精神旅程，和一本书有关，和一个萍水相逢却再也没有机会重聚的姑娘有关。那是在幽暗中寻找光明的旅程，是被囚禁的心灵渴望自由的经历。

那本书，是泰戈尔的《飞鸟集》。在读初中的时候，我得到一本由郑振铎翻译的《飞鸟集》。泰戈尔那些简短、优美而又含义深长的诗句，像磁铁一样吸引了我。尽管有些诗句的含义我还不怎么理解，尤其是那些闪烁着神秘之光的叹息，但我还是为之痴迷。我在小本子上抄录自己喜欢的段落，并且把它们背下来，觉得其乐无穷。我是从《飞鸟集》认识泰戈尔的，后来又读过他的许多作品，然而最喜欢的还是《飞鸟集》。人类对大自然的观察、想象，对生命的思索、憧憬，对爱情的讴歌和哀叹，在这本薄薄的小书中被表达得那么缤纷多彩，那么意味深长。我由此而懂得,在一颗充满爱的心灵中,可以产生出何等美妙的思想。

"文革"初期,"破四旧"之风席卷中国,几乎所有古今中外的文学名著都成了毒草。上海街头到处有焚书的火和烟。在一次抄家中,我的《飞鸟集》和许多文学书籍一起,被几个"造反队员"投入火堆。我眼睁睁地看着那绿封面的《飞鸟集》被金黄的火舌烧焦,烧成了灰烬。当时的感觉,是一件心爱的宝贝被人毁灭,是一个亲近的朋友被人谋杀。再看看火光中烧书者那几张笑嘻嘻的脸,心里想到的是《飞鸟集》中的句子:"当人是兽时,他比兽还坏。"

书可以被烧成灰烬,那些已经铭刻在心里的诗句,却是任何人也夺不走的。当狂暴的口号在周围喧嚣时,我经常独自默诵《飞鸟集》中的句子,从中得到平静和安慰。我常常默诵的句子中有这样一段:"人类的历史在很忍耐地等待着被侮辱者的胜利。"这种默诵,是一种旁人无法知晓的快乐。

那个萍水相逢的姑娘,是相遇在上海旧书店的一个小女孩。在失去《飞鸟集》大约一年之后,有一次去旧书店闲逛,我竟然在一批出售的旧书中发现了一本《飞鸟集》。和我同时发现这本书的,还有一个十几岁的小女孩。她没有争夺,微笑着把这本《飞鸟集》的购买权让给了我。我目送着轻盈的背影走出书店,目送她消失人流中。我拿着书去付款时,收钱的营业员吃了一惊,她失声自语道:"怎么搞的,谁把这样的书放出来了?"没容这位面孔严肃的中年妇女继续追问,我已经夹着书一溜烟离开了书店,就像是一个偷了书的窃贼。那个将《飞鸟集》让给我的小女孩,使我难以忘怀,她的表情既天真又开朗,而且熟悉泰戈尔(在二十世纪六十年代,泰戈尔在中国的名气远没有现在这么大)。尽管和这小女孩没说几句话,但以后只要读《飞鸟集》,我就会想起她,想起书店里那次奇遇,想起她轻盈飘逸的背影。

她在我的记忆中似乎成了一种美好和希望的象征。

对失而复得的《飞鸟集》，我当然特别珍惜。当年去"插队落户"时，我的简单的行囊中便有这本书。在农村孤寂而又漫长的岁月中，《飞鸟集》是我百读不厌的书。这真是一本奇妙的书，不管在怎样的环境中，不管以怎样的心情去读，我都能从中领悟到新鲜的意境。烦躁时读，它使我平静；平静时读，它又使我心驰神游。少年时代感到神秘深奥的那些段落，此时似乎都能使我产生心灵感应。我也开始在烛光下写一些诗文。我曾经想在茫茫人群中寻找到那个在书店里遇见的姑娘，但根本不可能。直到"文革"结束我考上大学，我还幻想着在报名入学的人流中发现她，然而这只能是幻想。

《小鸟，你飞向何方》写的就是这段往事。片段的情节，朦胧的情景，跌宕的情绪，再现那个动荡的年代。我以《飞鸟集》中那些飘忽而幽邃的文字作为散文段落之间的连缀，叙事抒情，也都追求诗的效果。这样写，在当时也是一种尝试。文章写成后，正好刚创刊的《散文》月刊编辑谢大光来上海组稿，他听说我在写这样一篇散文，非常赞许。我把改定的文章寄给他，谢大光很快将我的稿子编发，发表在1980年6月号《散文》月刊上。我没有想到，这样一篇习作，发表后会产生这么大的影响。和我同时代的读者，虽然生活经历不同，但精神的旅程相仿，这样的文字，引起他们的共鸣是很自然的。很多读者来信告诉我，他们是读了我的《小鸟，你飞向何方》后，才去找《飞鸟集》来读的。他们和我一样，也喜欢上了这本奇妙的书。

写作《小鸟，你飞向何方》的情景，仿佛就在眼前，而时间已过去了二十六年。重读自己的旧作，引起对青春岁月的回忆。"在黄昏的微光里，有那清晨的鸟儿来到了我的沉默的鸟巢里……"

周庄水韵

一支弯曲的木橹,在水面上一来一回悠然搅动,倒映在水中的石桥、楼屋、树影,还有天上的云彩和飞鸟,都被这不慌不忙的木橹搅碎,碎成斑斓的光点,迷离闪烁,犹如在风中漾动的一匹长长的彩绸,没有人能描绘它朦胧炫目的花纹……

有什么事情比在周庄的小河里泛舟更富有诗意呢?小小的木船,在窄窄的河道中缓缓滑行,拱形的桥孔一个接一个从头顶掠过。贞丰桥,富安桥,双桥……古老的石桥,一座有一座的形状,一座有一座的风格,过一座桥,便换了一道风景。站在桥上的行人低头看河里的船,坐在船上的乘客抬头看桥上的人,相看两不厌,双方的眼帘中都是动人的景象。

周庄的河道呈"井"字形,街道和楼宅被河分隔。然而河上有桥,石桥巧妙地将古镇连缀为一体。据说,当年的大户人家,能将船划进家门,大宅后院,还有泊船的池塘。这样的景象,大概只有在威尼斯才能见到。一个外乡人,来到周庄,印象最深的莫过于这里的水,以及一切和水连在一起的景物。

我曾经三次到周庄,都是在春天,每一次都坐船游镇,然而每一

周庄水韵

次的印象都不一样。第一次到周庄，正是仲春，那一天下着小雨，古镇被飘动的雨雾笼罩着，石桥和屋脊都隐约出没在飘忽的雨雾中，那天打着伞坐船游览，看到的是一幅画在宣纸上的水墨画。第二次到周庄是初春，刚刚下过一夜小雪，积雪还没有来得及将古镇覆盖，阳光已经穿破云层抚摸大地。在耀眼的阳光下，古镇上到处可以看到斑斑积雪，在路边，在屋脊，在树梢，在河边的石阶上，一摊摊积雪反射着阳光，一片晶莹斑斓，令人目眩。古老的砖石和清新的白雪参差交织，黑白分明，像是一幅色彩对比强烈的版画。在阳光下，积雪正在融化，到处可以听见滴水和流水的声音，小街的屋檐下在滴水，石拱桥的栏杆和桥洞在淌水，小河的石河沿上，往下流淌的雪水仿佛正从石缝中渗出来。细细聆听，水声重重叠叠，如诉如泣，仿佛神秘幽远的江南丝竹，裹着万般柔情，从地下袅袅回旋上升。这样的声音，用人类的乐器永远也无法模仿。

最近一次去周庄也是春天，然而是在晚上。那是一个温暖的春夜，周庄正举办旅游节，古镇把这天当成一个盛大节日。古老的楼房和曲折的小街缀满了闪烁的彩灯，灯光倒映在河中，使小河变成一条色彩斑斓的光带。坐船夜游，感觉是进入梦境。船娘是一位三十岁的农妇，以娴熟的动作，轻松地摇着橹。小船在平静的河面慢慢滑行，我们的身后，船的轨迹和橹的划痕留在水面上，变成一片漾动的光斑，水中倒影变得模糊朦胧，难以捉摸。小船经过一座拱桥时，前方传来一阵音乐，水面也突然变得晶莹剔透，仿佛是有晃荡的荧光从水下射出。

船摇过桥洞，才发现从旁边交叉的水道中划过来一条张灯结彩的花船，船舱里，有几个当地农民在摆弄丝弦。我还没有来得及细看，那花船已经转了个弯，消失在后面的桥洞里，只留下丝竹管弦声，在被木船搅得起伏不平的河面上飘绕不绝……我们的小船划到了古镇的尽头，灯光暗淡了，小河也恢复了它本来的面目，平静的水面上闪烁着点点星光。从河里抬头看，只见屋脊参差，深蓝色的天幕上勾勒出它们曲折多变的黑色剪影。突然，一串串晶莹的光点从黑黝黝的屋脊上飞起来，像一群冲天而起的萤火虫，在黑暗中划出一道道暗红的光线。随着一声声清脆的爆炸声，小小的光点变成满天盛开的缤纷礼花，天空和大地都被这满天焰火照得一片通明。已经隐匿在夜色中的古镇，在七彩的焰火照耀下面目一新，瞬息万变，原本墨一般漆黑的屋脊，此时如同被彩霞拂照的群山，凝重的墨线变成了活泼流动的彩光。

最奇妙的，当然是我身畔的河水。天上的辉煌和璀璨，全都落到了水里，平静幽深的河水，顿时变成了一条摇曳生辉、七彩斑斓的光带。随焰火忽明忽暗的河畔楼屋倒映在水里，像从河底泛起的一张张仰望天空的脸，我来不及看清楚他们的表情，他们便在水中消失，当新的一轮焰火在空中盛开时，他们又从遥远的水下泛起，只是又换了另一种表情。这时，从古镇的四面八方传来惊喜的欢呼，天上的美景稍纵即逝，地上的惊喜却在蔓延……

我很难忘记这个奇妙的夜晚，这是一个梦幻一般的夜晚，周庄在宁静的夜色中变得像神奇的童话，古镇幽远的历史和缤纷的现实，都荡漾在被竹篙和木橹搅动的水波之中。

[附]

用文字画出天籁

天籁是什么？天籁是日月星辰的运行，是风雨烟云的变幻，是大地上万物生长的姿态，是天空中百鸟的翔舞歌唱，是草的叹息，花的微笑，昆虫的私语，是月光在水面上流动，微风在树林里散步，是细雨亲吻着原野和城市……

只要你热爱自然和生命，只要你懂得欣赏大自然的美，那么，天籁就会是无处不在的朋友，她就在你的周围，在你眼帘里，在你的耳膜边……

我年轻时，曾经在长江口的崇明岛生活过几年，那时，生活穷困，劳动艰苦，精神孤独。但是，有一个朋友始终陪伴着我，无论春夏秋冬，无论阴晴雨雪，她总在我的身边，不离不弃，使我在孤独之中感觉到一种安慰和亲近。这位朋友，就是天籁。我不仅用眼睛欣赏她，用耳朵倾听她，更用心灵去感受她。

那时，我天天在油灯下写日记，日记中的一个重要内容，就是记录每天看到的自然风光。我曾经称这样的记录为"用文字来绘画"。

如何用文字来绘画，画出你身边的天籁？首先必须发现天籁之美。只要有一颗热爱自然的心，那么，你观察到的天地万物永远不会平淡无奇。每天的日出，因天边云彩的变幻而景象迥异；庭院里的花树，也会因气候的不同而气象万千；雾里的树影，风中的芦荡，雨中的竹林，阳光下田边地头星星点点的野花，都是那么美妙，值得我把它们画出来。既然是绘画，就要画出形状，画出色彩，画出千变万化的气息，这些，用文字是可以做到的，文字就是绘画的工具和材料。我们的汉字，是世界上表现力最丰富的文字，只要平时注意积累，尽可能多地将各种各样的词汇收入自己的库藏，经常检点它们，使用它们，亲近它们，熟悉每一个词汇的性格和特点，在需要时，它们就会自动蹦到你的笔下，为你完成你的文字绘画。

年轻时代用文字绘画的习惯，一直延续到现在，仍然其乐无穷，因为，天籁这位神奇美妙的朋友，从来没有离开过我。

附记：近日获信，香港教育机构将我的《周庄水韵》等几篇散文收入中学语文课本。编者来函，约我写一篇短文，谈如何描写自然景色，可作为学生辅助读本。此类文章，现在很多人已不屑写，用文字描绘自然景象，似已成为无聊和浪费。有人认为，文学的写作，只需写人写事写社会，无关风花雪月。此实乃误区。人若离开自然，岂不成了机器。身在自然却不识其美，是文明人类之悲哀。遂写此文。

旷野的微光

图书馆宽敞的阅览大厅里，数不清的日光灯一起亮着。银白色透明的灯光，柔和地洒满了这个宁静安谧的世界，只有读者轻轻的翻书声：沙沙、沙沙……不知怎的，我的眼前竟出现了一盏油灯，它微弱、幽暗，却是那么坚韧，那么美丽地闪烁、闪烁……

这是一盏最简陋、最不起眼的小油灯：一只圆形的墨水瓶，一根棉纱灯芯，便是它的全部结构。它曾经有过一个方形的玻璃灯罩，不知在什么时候被打碎了，再也没有配起来。哦，我怎么能忘记它的光芒呢！在农村"插队"的岁月里，它的黄色的颤动的光芒，曾亲切地抚摸我，陪伴我度过了许多雨雾弥漫的夜晚……

血红色的夕阳垂落在天边，我，拖着长长的影子在田埂上踯躅。这是我刚到崇明岛的时候，天天在田野里干活，一天下来，浑身仿佛散了架。回到我的小草屋里，一个人木然颓坐，筋酸骨痛，心灰意懒，只有那盏小油灯忽闪忽闪地跳跃着，像一只在黑暗里闪闪发光的眼睛，用一种怜悯的目光凝视我。在那昏黄幽弱的火光里，我看着自己扭曲了的影子在墙上晃来晃去，不由顾影自怜，觉得自己就像一根茕茕孑立的野草，迷茫地面对着萧瑟的旷野……

对了,在油灯下看一点书吧。然而,这是一个精神世界异常贫瘠的时代,那些千篇一律的文字,比我的粗硬的蒸玉米饭更难以下咽,我实在没有勇气啃它们。于是,对着那盏幽暗的小油灯,我又茫然了。油灯闪烁着,还是像一只眼睛,只是它的目光之中仿佛有嘲讽之色。它在嘲笑我的空虚和彷徨……在那闪烁的灯光里,我坐不住了:难道就这样让自己的思想和灵魂在黑暗中麻木、腐朽?不!我不愿意!我想起了过去曾经读过的那些美好的书,我怀念它们,我要找到它们!油灯尽管微弱,也可以为我照明,在浓重的黑暗中,有这样一点烛火就足够了!

美好的东西毕竟是禁灭不了的。远方的朋友为我带来了一些劫后余生的好书,当地一些念过书的老人,竟也为我找来一些难得的古书。最令我兴奋的是,在一所乡间中学里,我发现了一大堆被废弃的旧书!从此,在那盏小油灯下,有了无数个令人沉醉的夜晚。我把灯芯挑得长长的,灯火,毕剥毕剥跳动着,成了一只兴奋的眼睛,它和我一起读书,一起分享着那份快乐。在它的微光里,我尽情地驰骋自己的情感和想象,我的目光透过那些破旧的书页,飞出我的草屋,看得无比遥远。世界,真大啊……

小油灯闪烁着。在那幽暗的微光里,我仿佛看见了李白,我看见他正驾着一片雪白的帆,在烟波浩渺的扬子江上留下豪放的歌声……我仿佛看见了苏东坡,他仰对一轮皓月,呼喊着天上的神仙,思念着地上的朋友……我还看见泰戈尔,他把我引进一个神秘而又美妙的世界,那里的星星、月亮、海洋、森林,都流溢着奇异的光彩,使我流连忘返……我也看见了普希金,他坐着一辆雪橇,在苍茫灰暗的雪地上划出一行发光的诗句:心儿呵,永远憧憬着未来!……还有雪莱,我常常能听到他热情而又庄严的声音:冬天来了,春天还会远吗?

小油灯闪烁着。在那幽暗的微光里,我仿佛跟着雨果来到十九世纪的法国，目睹了那一幕幕浸透着血泪的人间惨剧……我仿佛跟着狄更斯渡过英吉利海峡，见到许多机智可爱的小人物……我看见罗曼·罗兰笔下那个愤世嫉俗的约翰·克利斯朵夫，正坐在一架古老的钢琴前，弹奏一支深沉优美的奏鸣曲；杰克·伦敦笔下的那个马丁·伊登，在一片惊涛骇浪之中，咬紧了牙关搏斗着……我为贾宝玉和林黛玉的悲剧叹息，为牛虻和保尔的韧性激动；我和林道静探讨着人生的出路，向车尔尼雪夫斯基请教着美学问题……

哦，我的小油灯，这闪烁在旷野里的微光，是它把我带回到那被阻隔了的广阔多彩的世界。是它为我照明，让我看见了许多人类智慧和文化的结晶，看见了许多璀璨瑰丽的美好事物。我像一股柔弱细小的山溪，在那奇妙的微光之中，缓缓地流出闭塞的峡谷，汇集起许多晶莹的泉水和露珠，逐渐丰满起来，充实起来……

我的生活和情绪发生了变化。在田野里干那些繁重的农活，流着汗，淋着雨，顶着寒风，确实很辛苦，然而一想起那盏小油灯，想起它的温暖柔和的光芒，我的心头便会感到一阵欢悦，觉得自己寂寥的生活有了一些慰藉，有了一种寄托。可是，我也经常有一种莫名的担心，担心这一点弱小的豆火会突然被黑暗吞噬。有时，屋外风雨交加，窗户门板被打得噼啪作响，风从门缝里钻进来，把一无遮掩的灯火吹得左右摇晃，然而它还是亮着，把黄澄澄的光芒投到我的书页上。有一次，它也确乎经历了一场危险。说来也可笑，邻宅的一只肥头肥脑的大黑猫，竟觊觎起我的小油灯来。一天晚上，它窜进我的小屋，跳上桌子，对着那盏油灯观察了好一会儿，竟愚蠢地用鼻子去嗅火苗，结果一声惨叫，夹着尾巴逃走了。油灯被撞得翻倒在地下，油泼了大半，火苗却没有熄灭。第二天，我看见那只黑猫鼻子乌黑，烧断了好几根胡须，它远远地瞅着我的小油灯，依然失魂落魄的样子。我的小油灯终于没有熄灭。

哦,在黑暗之中,那一星一点的火光是多么珍贵!我不会忘记那盏幽弱的小油灯,不会忘记那闪烁在旷野里的微光。

[附]

做一个读书人的幸福

因为我的不少文章被收在中学的语文课本中,便常有和语文有关的杂志约我写文章,谈谈关于读书的问题。谈读书时,我很自然地想起我那篇被选入课本的散文《旷野的微光》。

《旷野的微光》写于1980年10月,当时我还是华东师大中文系的学生,坐在文史楼的大教室里写了这篇散文,写的是在崇明岛"插队落户"时的往事,是在孤独和闭塞中追寻理想和知识的情景。在偏僻乡野的一盏小油灯下,读书使我走出了困顿和颓丧,使艰辛的日子变得乐趣无穷。没有想到这篇文章日后会成为中学生的课文。我想,现在的青少年,读我写于三十多年前的这篇文章,可能会感到陌生,因为那确实是早已远去的上一个时代的生活。那时,读书非常艰难,找到一本好书,会像过节一样快乐。我想,如果没有当年这种追求和坚持,我一定不会有今天。读书可以丰富扩展一个人的精神世界,也可以改变人生。

现在我们所处的时代,是一个可以自由阅读的时代。像我当年那样千方百计觅书,偷偷摸摸读书的情景,恐怕不会再发生。现在的青少年,不愁没书读,愁的是没有时间读,愁的是书太多不知道读什么书好。我曾经担心,现在的中学生,课外阅读的范围越来越狭窄,能用于课外阅读的时间也越来越少,很多人已经丧失了阅读文学名著的兴趣和欲望,而其他与课程和考试无关的书,他们更是难有机会涉猎。

这是一个令人担忧，也多少使人感到悲哀的现象。十多年前，我接待过英国女作家莱辛，她的一句话曾给我留下深刻印象，也使我共鸣。她说，在英国，有高学历的"野蛮人"越来越多。这些"野蛮人"，懂得最先进的科技知识，能操纵最复杂的机器，却缺乏情感，缺乏情趣，缺乏宽容博爱的精神。造成他们"野蛮"的原因，是他们不读文学作品。这样的话出自一位文学家之口，也许有人会认为失之偏颇，但她确实是指出了一个在现代社会具有普遍性的现象。我想，中国的年轻一代学子，绝无理由成为这样的"野蛮人"。令我欣慰的是，这些年，我很多次参与青少年的读书活动，发现青少年中还是有很多人喜欢读书，阅读的范围很广，数量也不小。在当评委读他们的读书笔记时，我也常常被他们活跃的思想和灵动的文笔打动。我相信，读书的时代，永远也不会结束，因为，对一个有文化的现代知识分子来说，任何知识都不会是多余的，而吸取知识的最重要的途径，便是读书，读那些有价值的好书，读那些能给人知识、给人启迪的书。读书能使人了解世界的浩瀚辽阔、人心的幽深博大，也能使人更热爱生命，热爱生活，激发起追寻真理、实现理想的欲望和激情。一本好书，可能是一个聪慧坚韧的人，用他所有的智慧和毕生的心血追求的成果和结晶，作为一个读者，我们用几个小时或者几天时间，就能了解这一切，这样的好事情，何乐而不为？如果将读书的范围仅限于课堂教育规定的范畴，或者只是课本知识的有限补充，那实在太狭隘。必须明白这一点，我们的课外阅读，大多可能和学校的考试没有直接的关系，但是这样的阅读，对于少年人身心的成长，却是无比重要。一个不喜欢读书的人，他的精神世界不可能丰富多彩，他的知识积累也不可能渊博厚实。我们说"知识的海洋"，其实也可以说是"书籍的海洋"，每个读书人都应该到这片大海中去远航，去浏览海中无穷无尽的迷人风光。

光有读书的欲望,恐怕还不行,还有一个怎样读书的问题。作为一个读者,我们不应该是一个简单的接受者,也应该是一个思想者,是一个参与者。读书的过程,是欣赏和接受的过程,也是思考和感悟的过程。如果能经常用自己的语言记录读书的感想,那将是一件极有意义的事情。当然,读书的过程,也可能是排斥的过程,因为,并不是所有的书都是有价值的,也不是所有的书都是有趣的。古人说"尽信书则不如无书",很有道理。一个真正的读书人,应该通过自己的思考判定一本书是否值得读。

前些年,我出过一本读书随笔集,书名是《读书是永远的》,我为这本随笔集写过一篇短序,谈的是对读书的看法,附录在此,作为本文的结束吧:

  人识了字,最大的实惠和快乐就是读书。书开阔了我的眼界,愉悦了我的身心,陶冶了我的性情,丰富了我的知识,升华了我的精神。

  ……不管什么时候,不管在什么地方,不管是什么心情,只要手头有可读的好书,一卷在握,便能沉浸其中,宠辱皆忘。很多年前,我一个人在偏僻的乡村"插队落户",是书驱散了我的孤独,使我在灰暗的岁月中心存着对未来的希望,保持着对理想的憧憬。在一盏飘摇不定的油灯下,书引我远离封闭和黑暗,向我展现辽阔和光明。因为有了书,那段物质生活极其匮乏的日子变得很充实。我选择读书作为我的生活方式,选择书作为我的人生伴侣,实在是一件明智而幸运的事情。我想,在人类的各种各样的享受中,别的享受都有尽头,读书却是长久的。只要还活着,还能用眼用脑,便能继续读书,继续享用这永不会失去美味的精神佳肴。当然,把读书看作一种享受,须有一个前提,那就是你读的必须是有价值有趣味的好书。前不久,有一家报纸的读书副刊约我写一段谈读书的话,我写了如下文字:"在黑夜里,书是烛火;在孤独中,书是朋友;在喧嚣中,书使人沉静;在困惫时,书给人激情。读书使平淡的生活波涛起伏,读书也使灰暗的人生荧光四溢。有好书做伴,即便在狭小的空间,也能上天入地,振翅远翔,遨游古今。漫长曲折的历史和浩瀚无尽的宇宙,都能融会于心,化作滋养灵魂的清泉。"我想,这些话,应该是我肺腑之言。

人生妙境

与象共舞

在泰国，如果你在公路边的草丛或者树林里遇到一头大象，那是一件很自然的事情。不必惊奇，也不必惊慌，大象对蚂蚁一般的人群已经熟视无睹，它会对着你摇一摇它那对蒲扇般的大耳朵，不慌不忙地继续走它自己的路。那种悠闲沉着的样子，使你联想到做一个人的焦虑和忙乱。

象是泰国的国宝。这个国家最初的发展和兴盛，和象有着密切的关系。大象曾经驮着武士冲锋陷阵，攻城夺垒，曾经以一当十、以一抵百地为泰国人服役做工。被驯服的象群走出丛林的那一天，也许就是当地文明的起源。泰国人对象存有亲切的感情，一点也不奇怪。

在国内看大象，都是在动物园里远观，人和象隔着很远的距离。在泰国，人和象之间失去了距离，很多次，我和象站在一起，象的耳朵拍到了我的肩膀，象的鼻息喷到了我的身上。起初我有些紧张，但看到周围那些平静坦然的泰国人，神经也就松弛了。在很近的距离看大象的脸，我发现，象的表情非常平静。那对眼睛相对它的大脑袋，显得极小，但目光却晶莹而温和。和这样的目光相对，你紧张的心情很自然地会松弛下来。

据说象是一种通人性的动物。在泰国，大象用它们的行动证实了这种说法。在城市里看到的大象，多半是一些会表演节目的动物演员。在人的训练下，它们会踢球，会倒立，会骑车，会用可笑的姿态行礼谢幕。最有意思的是大象为人做按摩。成排的人躺在地上，大象慢慢地从人丛里走过去，它们小心翼翼地在人与人之间寻找着落脚点，每经过一个人，都会伸出粗壮的脚，在他们的身上轻轻地抚弄一番，有时也会用鼻子给人按摩。一次，我看到一头象用鼻子把一位女士的皮鞋脱下来，然后卷着皮鞋悠然而去，把那躺在地上的女士惊得哇哇乱叫。脱皮鞋的大象一点也不理会女士的喊叫，用鼻子挥舞着皮鞋，绕着围观的人群转了一圈，才不慌不忙地回到那女士身边，把皮鞋还给了她。那女士又惊又尴尬，只见大象面对着她，行了一个屈膝礼，好像是在道歉。那庞大的身躯，屈膝点头时竟然优雅得像一个彬彬有礼的绅士。

最使我难以忘怀的，是看大象跳舞。那是在芭堤雅的东芭乐园，一群大象为人们表演。表演的尾声，也是最高潮。在欢乐的音乐声中，象群翩翩起舞，观众都涌到了宽阔的场地上，人群和象群混杂在一起舞之蹈之，热烈的气氛感染了在场的每一个人。舞蹈的大象，看起来没有一点笨重的感觉，它们随着音乐的节奏摇头晃脑，踮脚抬腿，前后左右颠动着身子，长长的鼻子在空中挥舞。毫无疑问，它们和人一起，陶醉在音乐中。这时，它们的表情仿佛也是快乐的，我想，如果大象会笑，此刻的表情便是它们的笑颜。

看着这群和人类一起舞蹈的大象，我突然想起了多年前听说过的一个关于象的故事。这故事发生在俄罗斯的一个动物园，一天，一头聪明的大象突然对饲养员开口说话，饲养员不相信自己的耳朵，然而大象竟清晰地用低沉的声音喊出了他的名字……当时看到这报道时，我认为这是无稽之谈。此刻，面对着这些面带微笑，和人群一起忘情舞蹈的大象，我突然相信，那故事也许是真的。

　　离开泰国前，到一家皮革商店购买纪念品，售货员拿出一只橘黄色的皮包，很热情地介绍说："这是象皮包，别的地方买不到的！"我摸了摸经过鞣制而变得柔软光滑的大象皮，手指竟像触电一般。在这一瞬间，我眼前出现的是大象温和晶莹的目光，还有它们在欢乐的音乐中摇头晃脑跳舞的模样……

　　人啊人，如果我是大象，对你们，我还有什么话可说！

顶碗少年

有些偶然遇到的小事情,竟会难以忘怀,并且时时萦绕于心。因为,你也许能从中不断地得到启示,从中悟出一些人生的哲理。

这是二十多年前的事情了。有一次,我在上海大世界的露天剧场里看杂技表演,节目很精彩,场内座无虚席。坐在前几排的,全是来自异国的旅游者,优美的东方杂技,使他们入迷了。他们和中国观众一起,为每一个节目喝彩鼓掌。一位英俊的少年出场了。在轻松优雅的乐曲声里,只见他头上顶着高高的一沓金边红花白瓷碗,柔软而又自然地舒展着肢体,做出各种各样令人惊羡的动作,忽而卧倒,忽而跃起……碗,在他的头顶摇摇晃晃,却总是不掉下来。最后,是一组难度较大的动作——他骑在另一位演员身上,两个人一会儿站起,一会儿躺下,一会儿用各种姿态转动着身躯。站在别人晃动着的身体上,很难再保持平衡,他头顶上的碗,摇晃得厉害起来。在一个大幅度转身的刹那间,那一大沓碗突然从他头上掉了下来!这意想不到的失误,使所有的观众都惊呆了。有些青年大声吹起了口哨……

台上,却并没有慌乱。顶碗的少年歉疚地微笑着,不失风度地向观众鞠了一躬。一位姑娘走出来,扫起了地上的碎瓷片,然后又捧出一大沓碗，还是金边红花白瓷碗，十二只，一只不少。于是，音乐又响起来，碗又高高地顶到了少年头上，一切都要重新开始。少年很沉着，不慌不忙地重复着刚才的动作，依然是那么轻松优美，紧张不安的观众终于又陶醉在他的表演之中。到最后关头了，又是两个人叠在一起，又是一个接一个艰难的转身，碗，又在他头顶厉害地摇晃起来。观众们屏住气，目不转睛地盯着他头上的碗……眼看身体已经转过来了，几个性急的外国观众忍不住拍响了巴掌。那一沓碗却仿佛故意捣蛋，突然跳起摇摆舞来。少年急忙摆动脑袋保持平衡，可是来不及了。碗，又掉了下来……

场子里一片喧哗。台上，顶碗少年呆呆地站着，脸上全是汗珠，他有些不知所措了。还是那一位姑娘，走出来扫去了地上的碎瓷片。观众中有人在大声地喊："行了，不要再来了，演下一个节目吧！"好多人附和着喊起来。一位矮小结实的白发老者从后台走到灯光下，他的手里，依然是一沓金边红花白瓷碗！他走到少年面前，脸上微笑着，并无责怪的神色。他把手中的碗交给少年，然后抚摩着少年的肩胛，轻轻摇撼了一下，嘴里低声说了一句什么。少年镇静下来，手捧着新碗，又深深地向观众们鞠了一躬。

音乐第三次奏响了！场子里静得没有一丝儿声息。有一些女观众，索性用手掌捂住了眼睛……

这真是一场惊心动魄的拼搏！当那沓碗又剧烈地晃动起来时，少年轻轻抖了一下脑袋，终于把碗稳住了。掌声，不约而同地从每个座位上爆发出来，汇成了一片暴风雨般的雷声。

在以后的岁月里，不知怎的，我常常会想起这位顶碗少年，想起他那一夜的演出；而且每每想起，总会有一阵微微的激动。这位顶碗少年，当时年龄和我相仿。我想，他现在一定早已是一位成熟的杂技艺术家了。我相信他不会在艰难曲折的人生和艺术之路上退却或者颓丧的。他是一个强者。当我迷惘、消沉，觉得前途渺茫的时候，那一沓金边红花白瓷碗坠地时的碎裂声，便会突然在我耳畔响起。

是的，人生是一场搏斗。敢于拼搏的人，才可能是命运的主人。在山穷水尽的绝境里，再搏一下，也许就能看到柳暗花明；在冰天雪地的严寒中，再搏一下，一定会迎来温暖的春风——这就是那位顶碗少年给我的启迪。

人生妙境

望　月

　　船舱里突然亮起来，一缕银白色的光芒，从开着的窗口里幽然射入，在小小的舱房里无声无息地飘，飘……

　　是月亮出来了！入睡以前，天空是黑沉沉的，浩瀚的天幕墨海一般倒悬在头顶，没有一颗星星。辽阔的长江从漆黑的远天中奔泻下来，只听见江水浑厚沉重的叹息声。

　　我搬一把椅子，悄悄走到甲板上坐下来。夜深人静，甲板上没有第二个人，只有我的影子，长长地黑黝黝地拖在我身后的舱壁上。

　　月亮是出来了。不知在什么时候，它挣脱了云层的封锁，粲然跃现在天幕中，骄傲而又安详地吐洒着它的清辉。这是一个残缺的月亮——就像开在天上的一扇又圆又亮的窗户，窗户的右上角被一方黑色的窗帘遮着；又像是一个寒光闪烁的冰球，球体的一部分已经开始溶化……

　　月亮改变了夜天的形象。云层在它的周围逐渐溃散着，消失着，不可思议地融化在他清澈晶莹的光芒中，只留下一层透明无形的轻绡，若有若无地在它们面前飘来飘去，形成一圈虹彩似的光晕。星星们一颗一颗跳出来了。漆黑的夜天变成了深蓝色，那是一片孕育着珠贝珍宝的神奇的海……

月光洒落在长江里，江面被照亮了，流动的江水中，有千点万点晶莹闪烁的光斑在跳动。很多不规则的波纹，在水面起伏变幻着，仿佛是无数神秘的符号。江两岸，芦荡、树林和山峰的黑色剪影，在江天交界处隐隐约约地伸展起伏着，月光为它们镀上了一层银子的花边……

偶然回头时，竟发现身边多了一个人。这是跟随我出来旅行的小外甥，刚才明明还睡得很香，此刻居然已经搬着一把椅子坐到了甲板上。

"是月亮把我叫醒了。"小外甥调皮地朝我眨了眨眼睛，又仰起头凝望着天上的月亮出神了。不知道他在想什么。小外甥是五年级小学生，聪明好学，爱幻想，和他交谈是一件很愉快的事情，他常常用许多问题逼得我走投无路。

"我们来背诗好吗？写月亮的，我一首你一首。"小外甥向我挑战了。写月亮的诗多如繁星，他眼睛一眨就是一首。

他背："床前明月光，疑是地上霜……"

我回他："明月几时有，把酒问青天……"

他背："月上柳梢头，人约黄昏后……"

我回他："海上生明月，天涯共此时……"

他背："……天阶夜色凉如水，卧看牵牛织女星……"

我回他："……嫦娥应悔偷灵药，青天碧海夜夜心。"

……

诗，和月亮一起，沐浴着我们，笼罩着我们，使我们沉醉在清幽旷远的气氛中。小外甥在自己小小的诗歌库藏中搜索着，不知是山穷水尽了，还是背得有些腻烦了，他突然中止了挑战，冒出一个问题来：

"你说，月亮像什么？"

他瞪大眼睛等我的回答，两个乌黑的瞳仁里，各有一个亮晶晶的小月亮闪闪发光。

"你呢？你觉得月亮像什么？"

"像眼睛，独眼龙，老天爷的一只眼睛。"小外甥几乎不假思索地回答。

他的比喻使我愣了一愣。于是我又问："你说说，这是一只什么样的眼睛？"

小外甥想了一会儿，说："这是一只孤独的眼睛，它用冷淡的眼光凝视着大地。别看它冷淡得很，其实很喜欢看我们的大地，所以每一次闭上了，又忍不住偷偷睁开，每个月都要圆圆地睁大一次……"他绘声绘色地说着，仿佛在讲一个现成的童话故事。

而我，却交了一次白卷。因为我觉得自己的想象力远不如小外甥。

"你听过贝多芬的《月光曲》吗？"小外甥的思路像月光一样飘飞着，他又想到了音乐。"我们的语文课本里，有一篇文章就是讲《月光曲》的，我能背下来，你要不要听？"

他大声背起来，清脆的声音在月光下回荡，那么清晰：

"……一阵风把蜡烛吹灭了。月光照进窗子，茅屋里的一切好像披上了银纱，显得格外清幽。贝多芬望了望站在他身旁的兄妹俩，借着清幽的月光，按起了琴键。

"皮鞋匠静静地听着。他好像面对着大海，月亮正从水天相接的地方升起来。微波粼粼的海面上，霎时间洒满了银光。月亮越升越高，穿过一缕一缕轻纱似的微云。忽然，海面上刮起了大风，卷起了巨浪。被月光照得雪亮的浪花，一个连一个朝着岸边涌过来……皮鞋匠看看妹妹，月光正照在她那张恬静的脸上，照着她睁得大大的眼睛。她仿佛也看到了，看到了她从来没有看到过的景象，月光照耀下的波涛汹涌的大海……"

在小外甥的朗诵里,我的耳边分明响起了琴声,琴声如月光,琴声如月下流水……这是一个发生在月光中的动人的故事,伟大的贝多芬在这个故事里写出了不朽的《月光曲》,他把月光化成了美丽的琴声。从此,在那些没有月亮的黑夜里,他的琴声宁静而又忧伤地向人们描绘着莹洁清澈的月光,这月光永远不会消失。

天边那些淡淡的云絮在不知不觉中聚齐起来,变得密集、沉重,一会儿,月光就被云层封锁了。天空又突然幽黑深涩起来,只有离月亮很远的地方还闪烁着几颗星星。

"月亮困了,睁不开眼睛了。"小外甥打了个呵欠,摇摇晃晃走回舱里去了。

甲板上又只留下我一个人。我久久凝视月亮消失的地方,那里又一片隐隐约约的亮光。是的,这亮光是蕴涵无穷的,这是诗和音乐的泉眼,它使我焕发了童心,轻轻地展开了幻想的翅膀……

为你打开一扇门
——《中国学生必读文库·文学卷》序

世界上有无数关闭着的门。每一扇门里,都有一个你不了解的世界。求知和阅世的过程,就是打开这些门的过程。打开这些门,走进去,浏览新鲜的景物,探求未知的天地,这是一件激动人心的事情,也是一些乐趣无穷的过程。一个不想开门探寻的人,必定会是一个在精神上贫困衰弱的人,他只能在这些关闭的门外无聊地徘徊。当别人为大自然和人世间奇妙的景象惊奇迷醉时,他却在沉睡。

世界上没有打不开的门。只要你愿意花时间,下功夫,只要你对门里的世界有着探索和了解的愿望,这些门一定会在你面前洞开,为你展现新奇美妙的风景。

在这些关闭着的门中,有一扇非常重要的大门,这扇门上写着两个字:文学。

文学是人类感情的最丰富最生动的表达,是人类历史的最形象的诠释。一个民族的文学,是这个民族的历史。一个时代的优秀文学作品,是这个时代的缩影,是这个时代的心声,是这个时代千姿百态的社会风俗画和人文风景线,是这个时代的精神和情感的结晶。优秀的文学作品中，传达着人类的憧憬和理想，凝集着人类美好的感情和灿烂的智慧。阅读优秀的文学作品，对了解历史、了解社会、了解自然、了解人生的意义，是一件大有裨益的事情。文学作品对人的影响，是潜移默化的。阅读文学作品，是一种文化的积累，是一种知识的积累，也是一种感情和智慧的积累。大量地阅读优秀的文学作品，不仅能增长人的知识，也能丰富人的感情。作为一个有文化有修养的现代文明人，如果对文学一无所知，那是不可想象的。有人说，一个从不阅读文学作品的人，纵然他有着"硕士""博士"或者更高的学位，他也只能是一个"高智商的野蛮人"。这并不是危言耸听。亲近文学，阅读优秀的文学作品，是一个文明人增长知识、提高修养、丰富情感的极为重要的途径。这已经成为很多人的共识。

　　古今中外，优秀文学作品的库藏浩如烟海，在这样一套规模不算太大的文学选本中，要想全面地展示文学史，把前人创造的文学精华和盘托出，并不可能。这套文学作品的选本，只是从文学的百花园中采了一些的花卉，只是从文学的海洋里捧出了几朵晶莹的浪花，但愿读者能从这些花卉和浪花中认识花园和海洋的魅力，进而产生这样的欲望：去探寻这美丽的大花园，到这迷人的大海中扬帆远航……

　　我曾经写过一段文字，题目是《致文学》，这段文字，是我和文学的对话，表达了我对文学的一些想法。让我把这段文字引在这里，愿它们能引起青少年读者对文学的兴趣，并以它们作为这篇序文的结尾，也作为这部文学选本的先导。

致文学

　　你是广袤的大地，是辽阔的天空，你是崇山峻岭，是江海湖泊，你用彩色的文字，描绘出世界上可能存在的一切美妙景象。不管是壮阔雄奇的，还是精微细致的，不管是缤纷热烈的，还是深沉肃穆的，你都能有声有色地展现。你使很多足不出户的人在油墨的清香中游历了五光十色的境界。

你告诉人们，人生的色彩是何等丰富，人生的旅途又是何等曲折漫长。你把生活的帷幕一幕一幕地拉开，让无数不同的角色在人生的舞台上演出激动人心的喜剧和悲剧。你可以呼唤出千百年前的古人，请他们深情地讲述历史，也可以请出你最熟悉的同代人，叙述人人都可能经历的日常生活。你吐露出的喜怒哀乐，使人开怀大笑，也使人热泪沾襟……

你是遥远的过去，是刚刚过去的昨天，也是无穷无尽的未来，你把时间凝聚在薄薄的书页之中，让读者的思想无拘无束地漫游在岁月长河里，尽情地浏览两岸变化无穷的风光。你是现实的回声，是梦想的折光，是平凡的客观天地和斑斓的理想世界奇异的交汇。

有时候，你展现漫长的历史，有时候，你只是描绘一个难忘的瞬间。如果你真实、真诚，如果你是真实人生的写照，是跌宕命运的画像，那么，人们在你的面前发出情不自禁的感叹是多么自然的事情。你是一双神奇的大手，拨动着无数人的心弦。你在人心中激起的回响，是这个世界上最激动的声音。人心是无边无际的海洋，这个海洋发出的声响，悠远而深沉，任何声音都无法模拟无法遮掩。

你是一个真诚而忠实的朋友，你只是为热爱你的人们默默奉献，把他们引入辽阔美好的世界，让他们看到世界上最奇丽的风景，让他们懂得人生的真谛。只要愿意和你交朋友，你就会毫无保留地把心交给他们。你永远不会背叛热爱你的朋友，除非他们弃你而去。

你是一扇神奇的大门，所有愿意走进这扇大门的人，都不会空手而归。而对那些把你当作追名逐利的敲门砖的人，你会把你的门关得很紧。

致大雁

一

在澄澈如洗的晴空里,你们骄傲地飞翔……
在乌云密布的天幕上,你们无畏地向前……
在风雨交加的征途中,你们欢乐地歌唱……
秋天——向南;春天——向北……
仰起头,凝视你神奇的雁阵,我总会有一阵微微的激动,有许多奇妙的联想,有一些难以得到解答的疑问……
大雁呵,南来北去的大雁,你们愿意在我的窗前小作停留,和我谈谈吗?

二

有人说你们怯懦——
是为了逃避严寒,你们才赶在第一片雪花飘落之前,迎着深秋的风,匆匆地离开北国,飞向南方……

是为了躲开酷暑,你们才赶在夏日的炎阳烤焦大地之前,浴着暮春的雨,急急地离开南方,飞向北国……

是怯懦吗?

为了这一份"怯懦",你们将飞入漫长而又曲折的征途,等待你们的,是峻峭的高山,是茫茫的森林,是湍急的江河,是暴风骤雨,是惊雷闪电,是无数难以预料的艰难和险阻……然而你们起程了,没有半点迟疑,没有一丝畏缩,昂起头颅,展开翅膀,高高地飞上天空,满怀信心地遥望着前方……

是什么力量,驱使你们顽强地做着这样长途的飞行?是什么原因,使你们年年南来北往,从不误期?

是曾经有过的山盟海誓的约会吗?

是为了寻找稀世的珍宝吗?

告诉我,大雁,告诉我……

三

如果可能,我真想变成一片宁静的湖泊,铺展在你们的征途中。夜晚,请你们停留在我的怀抱里,我要听听你们的喁喁私语,听你们倾吐遥远的思念和向往,诉说征程中的艰辛和欢乐……

如果可能,我也想变成一片摇曳着绿荫的芦苇荡,欢迎你们飞来宿营。也许,当我的温柔的绿叶梳理过你们风尘仆仆的羽毛,掸落你们翅膀上的雨珠灰土之后,你们会向我一吐衷曲,告诉我许多不为世人所知的隐秘和奇遇……

当然,我更想变成你们中间的一员,变成一只大雁。我要紧跟着你们勇敢的头雁,看它是如何率领着雁阵远走高飞的。我要看看——

在扑面而来的狂风之中，你们是如何尖厉地呼号着，用小小的翅膀，搏击强大的风魔……

在倾盆而下的急雨之后，你们是如何微笑着抖落满身水珠，重新窜入云空……

在突然出现的秃鹫袭来之时，你们是如何严阵以待，殊死相搏……

我要看看，在你们的战友牺牲之后，你们是如何痛苦地徘徊盘旋，如何伤心地呜咽悲泣。也许，你们会允许我和你们一起，围着那至死仍做展翅高飞状的死者，洒下一行崇敬的眼泪……

四

猛烈凶暴的飓风和雷电，曾经使你们的伙伴全军覆灭。——在进行了悲壮的搏斗后，天空里一时消失了你们的队列，消失了你们的歌声；广阔无垠的原野上，撒满了你们的羽毛；奔腾起伏的江河里，漂浮着你们的躯体……

我知道你们曾悲哀，你们曾流泪，然而你们会后悔吗？你们会因此而取消来年的旅程，因此而中断你们的追求吗？

不会的！不会的！

当春风再度吹绿江南柳丝的时候，你们威严的阵容，便又会出现在辽阔的天幕上，向北，向北……

当秋风再度熏红塞外柿林的时候，你们欢乐的歌声，便又会飘漾在湛蓝的晴空里，向南，向南……

你们怎么会后悔呢！你们的追求，千年万载地延续着，从未有过中断！

我想象着你们刚刚啄破蛋壳的雏雁，当你们大张着小嘴嗷嗷待哺的时候，也许就开始聆听父母叙述那遥远的思念，解释那永无休止的迁徙的意义了。而当你们第一次展开腾飞的翅膀，父母们便要带着你们去长途跋涉……

我想象着你们耗尽了精力的老雁，当秋风最后一次抚摸你们衰弱的翅膀，当大地最后一次向你们展示亲切的面容，当后辈们诀别你们列队重上征程，你们大概会平静地贴紧了泥土，安心地闭上眼睛的——你们是在追求中走完了生命之路呵！

大雁，渺小而又不凡的候鸟家族呵，请接受我的敬意！

五

雁阵又出现在湛蓝的晴空里。

我站在地上，离你们那么遥远，然而我觉得离你们很近。我的思绪，常常会跟着你们远走高飞……真的，我真想像你们一样，为了心中的信念，毕生飞翔，毕生拼搏。

诗 魂

又是萧瑟秋风,又是满地黄叶。这条静悄悄的林荫路,依然使人想起幽谧的梦境……

到三角街心花园了。一片空旷,没有你的身影。听人说,你已经回来了,怎么看不见呢?……

> 从幼年起,诗魂就在胸中燃烧
> 我们都体验过那美妙的激动……

已经非常遥远了。母亲携着我经过这条林荫路,走进三角街心花园。抬起头,就看见了你。你默默地站在绿荫深处,深邃的目光凝视着远方,正在沉思……

"这是谁?这个鬈头发的外国人?"

"普希金,一个诗人。"

"外国人为什么站在这里呢?"

"哦……"母亲笑了。她看着你沉思的脸,轻轻地对我说:"等你长大了,等你读了他的诗,你就会认识他的。"

我不久就认识了你。谢谢你，谢谢你的那些美丽而又真诚的诗，它们不仅使我认识你，尊敬你，而且使我深深地爱上了你，使我经常悄悄地来到你的身边……

你的身边永远是那么宁静。坐在光滑的石头台阶上，翻开你的诗集，耳畔就仿佛响起了你的声音。你在吟你的诗篇，声音像山谷里流淌的清泉，清亮而又幽远；又像飘忽在夜空中的小提琴，优雅的旋律里不时闪出金属的音响……

你还记得那一位白发老人吗？他常常拄着拐杖，缓缓地踱过林荫路，走到你的跟前，一站就是半个小时。你还记得吗？看着他那瘦削的身材，清癯的面容，看着那一头白雪似的白发，我总是在心里暗暗猜度：莫非，这也是一位诗人？为了证实自己的想法，我用少年人的真率，做了一次试探。

那天正读着你的《三股泉水》。你的"卡斯达里的泉水"使我困惑，这是什么样的泉水呢？正好那老人走到了我身边。

"老爷爷，你能告诉我，什么是'卡斯达里的泉水'吗？"

老人看看我，又看看我手中的诗集，然后微笑着抬起头，指了指站在绿荫里的你，说："你应该问普希金，他才能回答你。"

我有点沮丧。老人却在我身边坐下来了。那根深褐色的山藤拐杖，轻轻在地面上点着。他的话，竟像诗一样，合着拐杖敲出的节奏，在我耳边响起来："卡斯达里的泉水不在书本里，而在生活里。假如你热爱生活，假如你真有一颗诗人的心，将来，它也许会涌到你心里的。"

"你也是诗人吧？"

"不，我只是喜欢诗，喜欢普希金。"

像往常一样，随着悠然远去的拐杖叩地声，他瘦削的身影消失在浓浓的林荫之中……

以前的那种陌生感，从此荡然无存了，老人和我成了忘年之交。尽管不说话，见面点头一笑，一切似乎都包含其中了。是的，诗能沟通心灵。我想，世界上一定还有许许多多陌路相逢的人，因为你的诗，成了好朋友。

　　而你，只是静静地在绿荫里伫立着，仿佛思索、观察着这世间的一切……

　　　　在天空中，欢快的早霞
　　　　遇到了凄凉的月亮……

　　梦里也仿佛听到一声巨响，是什么东西倒坍了？有人告诉我，你已经离开三角街心花园，再也不会回来了……

　　我奔跑着穿过黄叶飘零的林荫路，冲进了街心花园。

　　我永远也忘不了那触目惊心的一幕：你真的消失了！花园里空空如也，只有一座破裂的岩石底座，在枯叶和碎石的包围中，孤岛似的兀立着……

　　哦，我恍惚走进了一个刑场——这里，刚刚发生过一场可耻的谋杀。诗人呵，你是怎样倒下的呢？

　　我仿佛见到，几根无情的麻绳，套住了你的颈脖，裹住了你的胸膛，在一阵闹哄哄的喊叫中，拉着，拉着……

　　我仿佛看到，无数粗暴的钢镐铁锹，在你脚下叮叮当当地挥动着，狂舞着……

　　你倒下了，依然默默无声地沉思着……

　　你被拖走了，依然微昂着头遥望远方……

　　我呆呆地站在秋意萧瑟的街心花园里，像一尊僵硬的塑像。蓦地，我的心颤抖了——远处，依稀响起了那熟悉的拐棍叩地声，只是节奏变得更缓慢，更沉重，那一头白发，像一片孤零零的雪花，在秋风中缓缓飘近，飘近……

是他，是那个老人。我们面对面，默默地站定了，盯着那个空荡荡的破裂的底座，谁也不说话。他好像苍老了许多，额头和眼角的皱纹更深更密了。说什么呢，除了震惊，除了悲哀，只有火辣辣的羞耻。说什么呢……

他仿佛不认识我了，陌生人般地凝视着我，目光由漠然而激奋、而愤怒，湿润的眼睛里跳跃着晶莹的火。好像这一切都是我干的，都是我的罪过。哦，是的，是一群年龄和我相仿的年轻人，呼啸着冲到你的身边……

咚！咚!!那根山藤老拐杖，重重地在地上叩击了两下，像两声闷雷，震撼着我的心。满地枯叶被秋风卷起来，沙沙一片，仿佛这雷声的袅袅余响……

没有留下一句话，他转身走了。那瘦削的身影佝偻着，在落叶秋风中踽踽而去……

只有我，只有那个破裂的底座，只有满园秋风，遍地黄叶……

你呢，你在何方？

> 然而，等有一天，如果你忧悒
> 而孤独，请念着我的姓名……

我再也不走那条林荫路，再也不去那个街心花园，我怕再到那里去。你知道吗，我曾经沮丧，曾经心灰意懒，以为一切都已黯淡，一切都已失去，一切儿时的憧憬都是错误的梦幻。没有什么"卡斯达里的泉水"，即使有，也不属于我们这块土地上的这辈人，不属于我……

可是，有一天，我终于忍不住又翻开了你的诗集。哦，你却依然故我，没有任何变化，还是流泉一般清亮而又幽远，还是那么真诚。你那带着金属声的诗篇，优美而又铿锵地在我耳畔响起来：

> 不，我不会完全死去——在庄严的琴弦上
> 我的灵魂将越出腐朽的骨灰永生……
> 不必怕凌辱，也不要希求桂冠的报偿，
> 无论赞美或诽谤，都可以同样漠视，
> 和愚蠢的人们又何必较量。

倘若再见到那位白发老人，我会大声地向他宣读你这些诗篇的！然而我很难有机会再见到他了，命运之弓把我弹得很远很远。当我离开这座城市的时候，我没能到这条林荫路来，没能到这个街心花园来，像一片离开枝头的落叶，我被狂风卷走了……

当绿色的原野画卷一般在我眼前展开，当坎坷的田埂蛛网一般在我脚下蜿蜒，当飘忽的油灯用可怜的微光照耀着我的茅屋，当寂寥的晨星如期闪烁在我的小窗……你，便似乎在我的身边出现了。然而已经不是在街心花园里站着沉默的那个你，而是一个活生生的你，一个又潇洒又热情的你，一个又奔放又深沉的你。田野的风清新地吹着，你肩上那件斗篷在风中飘扬，像一叶远帆……

一天流汗之后，散了架似的身体躺在床上，你在油灯的微光下轻轻地为我吟哦：

> 春夜，在园林的寂静和幽暗里，
> 一只东方的夜莺歌唱在玫瑰丛中……

你为我铺展开一个灿烂的世界，使我在艰苦的跋涉中始终感受到

生活的暖风。当我消沉悲观的时候，你总是优美地用你那金属之声，一遍又一遍向我呼吁着：心儿永远憧憬着未来！相信吧，快乐的日子就会来临……

有时，你笑着召唤我：年轻的朋友，让我们坐着轻快的雪橇，滑过清晨的雪……我把一切烦恼和忧郁都抛在脑后，兴致勃勃地在田野里奔跑着，在山林里徜徉着，在人群中寻觅着……

我真的写起诗来了。我在诗中倾吐我的欢乐、我的苦恼。我追求着……诗，使我的精神和情感变得丰富而又充实。在缤纷的梦境里，我常常踏上久别的林荫路，新生的绿荫轻轻地摇曳着，把我迎进那个三角街心花园。你仿佛从来不曾走开过，依然静静地在那里伫立，沉思着遥望远方，似在等待，似在盼望……

> 土地复苏了，时令已经不同，
> 你看那微风，轻轻舞弄着树梢……

现在，我回来了。怀揣着我的第一本诗集，我忐忑不安地看你来了。然而你没有回来，三角街心花园里，依旧人迹杳然。在你曾经站过的地方，我久久地站着，纷纷扬扬的落叶，轻轻地抚摸着我的肩膀……

一位年轻的母亲，携着她的七八岁的女儿，从林荫路走进了街心花园，仿佛来寻找什么。前不久，有消息说你将重返这里，人们大概都知道了吧。母女俩说话了，声音很轻，却异常好听：

"妈妈，就是这里吗？就是爷爷以前常来的地方吗？"

"是的。这里以前有一座铜像。"

"什么铜像？"

"普希金。"

"普希金是谁呢?"

"一个诗人。以后你会认识他的。"

……

听着,听着,我的眼睛湿润了。呵,孩子的爷爷——会不会是我从前在这里遇到的这位老人呢?也许是,也许不是。他曾经向他的后辈谈着你,不管这世间对你如何冷落。在这一对母女的对话里,我,想起了童年,想起了儿时在这里见到的一切。童年呵……

哦,一切,一切,都将重新开始……

第二单元 泛读美文

 一　不熄的暖灯

童年的河

童年的记忆,隐藏在脑海的最深层。一个老人,到了弥留之际,出现在眼前的也许还是童年的往事,童年的朋友。

童年的经历,会影响一个人的性格。在形成性格的过程中,童年的一些特殊经历潜移默化地起着作用。想一想童年的往事吧!它们曾经怎样有声有色地丰富过你幼小的生命,滋润过你稚嫩的感情?

有一条河流,陪伴着我的童年。这条河的名字是苏州河,它在江南的土地上蜿蜒流淌,哺育了中国最大的城市。从前,它曾经叫吴淞江,上海人把它称作母亲河。

小时候,我的家离苏州河不远,我常常走到苏州河桥上看风景。天上的云彩落到河里,随着水波的漾动斑斓如梦幻。最有趣的,当然是河里的木船了。我喜欢倚靠在苏州河的桥栏上看从桥洞里穿过的木船。一艘木船,往往就是一家人。摇船的,总是船上的女人和小孩。男人站在船边,手持一根长长的竹篙,不慌不忙点拨着河水。有时水流很急,木船穿过桥洞时,船上的人便有点忙碌。男人站在船头,奋力将竹篙点在桥墩上,改变着船行的方向。他们一面手忙脚乱地与河水搏斗,一面互相大声喊着,喊些什么我听不清楚,但那种紧张的气氛却让人难忘,我也由此认识了船民的艰辛。后来看到宋人画的《清明上河图》,图中也有木船过桥洞的画面,和我在苏州河桥上看到的景象有几分相似。现在回想起来,我那时没有机会和船上的人说过一句话,只是远远地看着他们,想象着他们的生活。我常常把自己想象成一个生活在船上的孩子,船上有一条狗,温顺地蹲在我的脚边。我也和父母一起,奋力地摇橹,驾驭着木船在急流中穿过桥洞。

记忆中的苏州河常常有清澈的时候。涨潮时,河水并不太浑浊,黄中泛出一点淡绿,还能看到鱼儿在河里游动。那时苏州河里常常有孩子游泳。胆子大的从高高的水泥桥栏上跳到河里,胆子小一点的,沿着河岸的铁梯走到河里。孩子在河里游泳的景象多么美妙,小小的脑袋在起伏的水面上浮动,像一些黑色的花朵,正在快乐地开放。他们常常放开喉咙喊叫,急促的声音带着一些惊奇,也带着一些紧张,在水面上跳动回旋。这是世界上最快乐的声音。我先是羡慕那些在河里游泳的孩子,他们游泳的姿态,他们在水面发出的欢声。很想成为他们中的一员。

有一天,在苏州河边上,我见到了可怕的景象。一个孩子,在河里淹死了,被人拉到岸上,躺在栏杆边的地上。这是一个瘦弱的孩子,上身赤裸,下身穿着一条破烂的裤衩。看样子,这孩子是在河里游泳溺水而死。他侧着身子躺在地上,脸色蜡黄。他曾经在河里快乐地游着,快乐地喊叫着,他曾经是我羡慕的对象。但是他小小的生命已经结束,在这条日夜流动着的活泼的苏州河水里,他走完了他的短短的人生之路。这是我第一次这么近距离地看一个死去的人,但是这溺水的孩子并没有使我对死亡和河流感到恐惧。几年后,我也常常跳进苏州河里游泳,在和流水的搏斗中体会生命的快乐。我从高高的桥头跳入河中，顺流畅游，一直游到苏州河和黄浦江交汇的水面。那时，同龄的孩子没有几个有这样的胆量，他们捧着我的衣服，在岸上跟着我，为我加油。在他们的眼里，我是一个勇敢的人。其实，在波浪汹涌地向我压过来时，我也曾产生过恐惧，也曾想起那个溺水而亡的少年，我在想，我会不会像他一样被淹死呢？不过这只是瞬间的念头，在清凉的河流中游泳的快乐胜过了对死亡的恐惧。

我上的第一所小学就在苏州河边上。在我们上音乐课的顶层教室里，站在窗前能俯瞰苏州河的流水。学校的后门，就开在苏州河岸边。离学校后门不远的河岸边，有一个垃圾码头。说是码头，其实就是一个大铁皮翻斗，铁皮翻斗被天天从它身上滑下的垃圾磨得雪亮。这铁皮翻斗，使我想起古时城门前的吊桥，平时翻斗是升起的，运送垃圾时，翻斗放下，成为一个传送滑道，卡车上的垃圾直接从翻斗上滑到停泊在岸边的木船船舱中。这垃圾码头，也曾是我们的游戏场所。我们常常攀上铁皮翻斗，站在翻斗边沿，探出脑袋，俯视河水从翻斗下哗哗地流过。对于孩子们来说，这是很有冒险色彩的奇妙经历。

一天早晨，经过垃圾码头时，发现码头边围着很多人，而那个曾给我们带来快乐的吊桥，翻进了河里——系住翻斗的两根钢索断了一根。这是一场悲剧留下的痕迹。就在前一天傍晚，一群和我差不多大的孩子，攀到翻斗上玩，他们正欢天喜地在翻斗上蹦跳，系翻斗的钢绳突然断了，翻斗下坠，翻斗上的孩子全部都被倒进了苏州河。欢声笑语一下子变成了救命的呼喊，那时苏州河边人不多，是河上的船民赶过来救起了落水的孩子们。但是，死神已经守候在这座曾给孩子们带来欢乐的吊桥边上，据说淹死了好几个孩子。几天后，还看到孩子的父母在苏州河边哭泣。而那个肇事的铁皮翻斗，被铁栅栏围了起来。这场悲剧，似乎向人们预示着生活中的乐极生悲和人生的无常。苏州河依然如昔日一般流淌，但从此我们再不敢去垃圾码头玩。

那时，苏州河边上多的是仓库和码头，少的是树林。在苏州河边难得见到飞鸟。不过有一只在苏州河边出现的鸟使我无法忘记。那是在无法吃饱饭的年代。一天早晨，我从苏州河边走过，看见一只喜鹊从河面上飞过来，停落在河边的水泥栏杆上。这是一只有着黑白相间的花翅膀的黑喜鹊，它在水泥栏杆上悠闲地踱步，还不时左顾右盼，好像在寻找它的伙伴。我天生对鸟有好感，只要是天上的飞鸟，都是可爱的，哪怕是猫头鹰。在热闹的城市里会出现喜鹊，这实在稀奇。我停住脚步，注视着水泥栏杆上的喜鹊，觉得它美极了。它是那么自由，那么优雅。在苏州河边，难得看到这样的景象。就在我欣赏那只喜鹊的时候，发生了一件令人难以想象的事情。一个头发蓬乱、瘦骨嶙峋的女人，突然从停泊在河边的木船上蹿出来，扑上栏杆，把那只毫无防备的喜鹊抓在了手中。那女人一只手将喜鹊握住，另一只手以极快的速度拔光了喜鹊身上的羽毛，大概不到两分钟，那只羽毛丰满的美丽的喜鹊，竟变成了一团蠕动的粉红色肉团。它的嘴里发出惊恐尖利的鸣叫，拍动的翅膀因为失去了羽翼而显得很可笑。它的羽毛飘落在周围的地上，空中也飞舞着细小的绒毛。那女人的动作之迅疾，简直让人惊诧，她的目光也令人难忘，那是一个饿极了的人看到食物时的表情，目光中喷射出贪婪和急迫。这个木船上的女人，她捕捉这只喜鹊，当然是为了吃，为了充饥，为了让饥饿的生命得以延续。我没有看到她最后如何处置那只喜鹊，被她吃进肚子是毫无疑问的，至于怎么煮怎么吃，我不想知道。我想在记忆中保留喜鹊在苏州河栏杆上优雅踱步的形象，但浮现在眼前的，却总是那个被拔光了羽毛的粉红色肉团，还有飘舞在空中的羽毛。直到现在我还记得它挣扎尖叫的可怜样子。

苏州河边的邮政大楼顶上,有一组石头的雕像。那是几个坐着的外国人像,人们站在地上看不见他们的表情,远远地看去,也只能看出个大概的轮廓,但他们优雅的身体姿态给我留下深刻的印象。小时候在苏州河里游泳的时候,有一次躺在水面上仰望那些雕像,居然看清了雕像们的脸,那是一些神秘的表情,安静,悠闲,他们在天上俯瞰人间,目光中含着淡然的期待,也隐藏着深深的哀怨。"文革"初期,那一组雕像不见了,据说是被人打碎了。那座有着绿色圆顶的大楼,从此就变得单调,抬头仰望时,常常有一种失落的感觉。

前几年,那个古老的绿色圆顶下面,又出现了一组雕像,是不是当年的那组雕像,我不知道。不过仰望他们时,再没有出现童年时看他们的那种感觉。

人生妙境

母亲和书

又出了一本新书。第一本要送的,当然是我的母亲。在这个世界上,最关注我的,是她老人家。

母亲的职业是医生。年轻的时候,母亲是个美人,我们兄弟姐妹都没有她年轻时独有的那种美质。儿时,我最喜欢看母亲少女时代的老照片,她穿着旗袍,脸上含着文雅的微笑,比旧社会留下来的年历牌上那些美女漂亮得多,就是二十世纪三四十年代上海滩那几个最有名的电影明星,也没有母亲美。母亲小时候上的是教会的学校,受过很严格的教育。她是一个受到病人称赞的好医生。看到她为病人开处方时随手写出的那些流利的拉丁文,我由衷地钦佩母亲。

在我童年的记忆里,母亲是个严肃的人,她似乎很少对孩子们做出亲昵的举动。而父亲则不一样,他整天微笑着,从来不发脾气,更不要说动手打孩子。因为母亲不苟言笑,有时候也要发火训人,我们都有点怕她。记得母亲打过我一次,那是在我七岁的时候。那天,我在楼下的邻居家里顽皮,打碎了一张清代红木方桌的大理石桌面,邻居上楼来告状,母亲生气了,当着邻居的面用巴掌在我的身上拍了几下,虽然声音很响,但一点也不痛。我从小就自尊心强,母亲打我,而且当着外人的面,我觉得很丢面子。尽管那几下打得不重,我却好几天不愿意和她说话,你可以说我骂我,为什么要打人?后来父亲悄悄地告诉我一个秘密:"你不要记恨你妈妈,那几下,她是打给楼下告状的人看的,她才不会真的打你呢!"我这才原谅了母亲。

我后来发现,母亲其实和父亲一样爱我,只是她比父亲含蓄。上学后,我成了一个书迷,天天捧着一本书,吃饭看,上厕所也看,晚上睡觉,常常躺在床上看到半夜。对读书这件事,父亲从来不干涉,我读书时,他有时还会走过来摸摸我的头。而母亲却常常限制我,对我正在读的书,她总是要拿去翻一下,觉得没有问题,才还给我。如果看到我吃饭读书,她一定会拿掉我面前的书。一天吃饭时,我老习惯难改,一边吃饭一边翻一本书。母亲放下碗筷,板着脸伸手抢过我的书,说:"这样下去,以后不许你再看书了。"我问她为什么,她说:"读书是一辈子的事情,你现在这样读法,会把自己的眼睛毁了,将来想读书也没法读。"

她以一个医生的看法,对我读书的坏习惯做了分析,她说:"如果你觉得眼睛坏了也无所谓,你就这样读下去吧,将来变成个瞎子,后悔来不及。"我觉得母亲是在小题大做,并不当一回事。

其实,母亲并不反对我读书,她真的是怕我读坏了眼睛。虽然嘴里唠叨,可她还是常常从单位里借书回来给我读。《水浒传》《说岳全传》《万花楼》《隋唐演义》《东周列国志》《格林童话》《钢铁是怎样炼成的》《牛虻》等书,就是她最早借来给我读的。我过八岁生日时,母亲照惯例给我煮了两个鸡蛋,还买了一本书送给我,那是一本薄薄的小书——《卓娅和舒拉的故事》。在二十世纪五十年代,哪个孩子生日能得到母亲送的书呢？

中学毕业后，我经历了不少人生的坎坷，成了一个作家。在我从前的印象中，父亲最在乎我的创作。那时我刚刚开始发表作品，知道哪家报刊上有我的文章，父亲可以走遍全上海的邮局和书报摊买那一期报刊。我有新书出来，父亲总是会问我要。我在书店签名售书，父亲总要跑来看热闹，他把因儿子的成功而生出的喜悦和骄傲全都写在脸上。而母亲，却从来不在我面前议论文学，从来不夸耀我的成功。我甚至不知道母亲是否读我写的书。有一次，父亲在我面前对我的创作问长问短，母亲笑他说："看你这得意的样子，好像全世界只有你儿子一个人是作家。"

父亲去世后，母亲一下子变得很衰老。为了让母亲从悲伤沉郁的情绪中解脱出来，我们一家三口带着母亲出门旅行，还出国旅游了一次。和母亲在一起，谈话的话题很广，却从不涉及文学，从不谈我的书。我怕谈这话题会使母亲尴尬，她也许会无话可说。

去年，上海文艺出版社出版了我的一套自选集，四厚本，一百几十万字，字印得很小。我想，这样的书，母亲不会去读，便没有想到送给她。一次我去看母亲，她告诉我，前几天，她去书店了。我问她去干什么，母亲笑着说："我想买一套《赵丽宏自选集》。"我一愣，问道："你买这书干什么？"母亲回答："读啊。"看我不相信的脸色，母亲又淡淡地说："我读过你写的每一本书。"说着，她走到房间角落里，拉开帘子，里面是一个书橱。"你看，你写的书，一本也不少，都在这里。"我过去一看，不禁吃了一惊，书橱里，我这二十年中出版的几十本书都在那里，按出版的年份整整齐齐地排列着，一本也不少，有几本，还精心包着书皮。其中的好几本书，我自己也找不到了。我想，这大概是全世界收藏我的著作最完整的地方。

看着母亲的书橱，我感到眼睛发热，好久说不出一句话。她收集我的每一本书，却从不向人炫耀，只是自己一个人读。其实，把我的书读得最仔细的，是母亲。母亲，你了解自己的儿子，而儿子却不懂得你！我感到羞愧。

母亲微笑着凝视我，目光里流露出无限的慈爱和关怀。母亲老了，脸上皱纹密布，年轻时的美貌已经遥远得找不到踪影。然而在我的眼里，母亲却比任何时候都美。世界上，还有什么比母爱更美丽更深沉呢？

人生妙境

学 步

　　儿子，你居然会走路了！

　　我和你母亲永远也不会忘记这一天。在这之前，你还整日躺在摇篮里，只会挥舞小手，将明亮的大眼睛转来转去。有时偶尔能扶着床沿站立起来，但时间极短，你的腿脚还没有劲，无法支撑你的小小的身躯。这天，你被几把椅子包围着，坐在沙发前摆弄积木。我们只离开你几分钟，到厨房里拿东西，你母亲回头望房里时，突然惊喜地大叫："啊呀，小凡走路了！"我回头一看，也大吃一惊：你竟然站起来推开包围着你的椅子，然后不依靠任何东西，自己走到了门口！我们看到你时，你正站在房门口，脸上是又兴奋又紧张的表情，看见我们注意你时，你咧开嘴笑了，你似乎也为自己能走路而感到惊奇呢。

　　从沙发到房门口不过四五步路，这几步路对你可是意义不凡，这是你人生旅途上最初的几步独立行走的路。我们都没有看见你如何摇摇晃晃走过来，但你的的确确是靠自己走过来了。当你母亲冲过去一把将你抱起来时，你却挣扎着拼命要下地。你已经尝到了走路的滋味，这滋味此刻胜过你世界里已知的一切。靠自己的两条腿，就能找到爸爸妈妈，就能到达你想到达的地方，那是多么奇妙多么好的事情！

你的生活从此有了全新的内容和意义。只要有机会，你就要甩开我的手摇摇晃晃走你自己的路。你在床上走，在屋里走，在马路上走，在草地上走；你走着去寻找玩具，走着去阳台上欣赏街景，走着去追赶比你大的孩子们……

儿子，你从来不会想到，在你学步的路上，处处潜伏着危险呢。在屋里，桌角、椅背、床架、门，都可能成为凶器将你碰痛。当你跟跟跄跄在房间里东探西寻时，不是撞到桌角上，就是碰翻椅子砸痛脚，真是防不胜防。已经数不清你曾经多少次摔倒，数不清你的头上曾被撞出多少处乌青和肿块，每次你都哭叫两声，然后脸上挂着泪珠爬起来继续走你的路。摔跤摔不冷你渴望学步的热情。在室外，你更是跃跃欲试，两条小腿像一对小鼓槌，毫无节奏地擂着各种各样的地面。你似乎对平坦的路不感兴趣，哪里高低不平，哪里杂草丛生，哪里有泥泞水洼，你就爱往哪里走，只要不摔倒，你总是乐此不疲。这是不是人类的天性？在你未来的人生旅途上，必然会遇到无数曲折坎坷和泥泞，儿子啊，但愿你不要失去了刚刚开始学步的那份勇气。

起初，你摔倒的时候，总是趴在地上瞪大眼睛望我们，见我们不来抱你，你觉得有点委屈。但你很快就习惯了，并且学会了一骨碌爬起来，再不把摔跤当一回事。那次你沿着路边的一个花坛奔跑，脚下被一块大石头绊了一下，我们在你身后眼看着你一头撞到花坛边的铁栏杆上，心如刀戳，却无法救你，铁栏杆犹如一柄柄出鞘的剑指着天空！你趴在地上，沉默了片刻，才放声哭起来。我奔过去把你抱在怀中，不忍看你额头的伤口，我担心你的眼睛！好险啊，铁栏杆撞在你额头正中，戳出一道又长又深的口子，血沿着你的脸颊往下流……

你的额头留下了难以消退的疤痕，这是你学步的代价和纪念。

儿子,你的旅途还只是刚刚开始,你前面的路很长很长,有些地方也许还没有路,有些地方虽有路却未必能通向远方。生命的过程,大概就是学步和寻路的过程。儿子啊,你要勇敢地走,脚踏实地地走。

挥 手
——怀念我的父亲

深夜,似睡似醒,耳畔喏喏有声,仿佛是一支手杖点地,由远而近……父亲,是你来了吗?骤然醒来,万籁俱寂,什么声音也听不见。打开台灯,父亲在温暖的灯光中向我微笑。那是一张照片,是去年陪他去杭州时我为他拍的,他站在西湖边上,花影和湖光衬托着他平和的微笑。照片上的父亲,怎么也看不出是一个八十多岁的人。没有想到,这竟是我为他拍的最后一张照片!6月15日,父亲突然去世。那天母亲来电话,说父亲气急,情况不好,让我快去。这时,正有一个不速之客坐在我的书房里,是从西安来约稿的一个编辑。我赶紧请他走,还是耽误了五六分钟。送走那不速之客后,我便拼命骑车去父亲家,平时需要骑半个小时的路程,只用了十几分钟,也不知这十几里路是怎么骑的。然而我还是晚到了一步。父亲在我回家前的十分钟停止了呼吸。一口痰,堵住了他的气管,他只是轻轻地说了两声:"我透不过气来……"便昏迷过去,再也没有醒来。救护车在我之前赶到,医生对垂危的父亲进行了抢救,终于无功而返。我赶到父亲身边时,他平静地躺着,没有痛苦的表情,脸上似乎略带着微笑,就像睡着了一样。他再也不会笑着向我伸出手来，再也不会向我倾诉他的病痛，再也不会关切地询问我的生活和创作，再也不会拄着拐杖跑到书店和邮局，去买我的书和发表我文章的报纸和刊物，再也不会在电话中笑声朗朗地和孙子聊天……父亲！

因为父亲走得突然，子女们都没有能送他。父亲停止呼吸后，我是第一个赶回到他身边的。我把父亲的遗体抱回到他的床上，为他擦洗了身体，刮了胡子，换上了干净的衣裤。这样的事情，父亲生前我很少为他做，他生病时，都是母亲一个人照顾他。小时候，父亲常常带我到浴室里洗澡，他在热气蒸腾的浴池里为我洗脸擦背的情景我至今仍然记得，想不到，我有机会为父亲做这些事情时，他已经去了另外一个世界。父亲，你能感觉我的拥抱和抚摸吗？

父亲是一个善良温和的人，在我的记忆中，他的脸上总是含着宽厚的微笑。从小到大，他从来没有骂过我一句，更没有打过一下，对其他孩子也是这样。也从来没有见到他和什么人吵过架。父亲生于1912年，是清王朝覆灭的那年。祖父为他取名鸿才，希望他能够改变家庭的窘境，光宗耀祖。他的一生中，有过成功，更多的是失败。年轻的时候，他曾经是家乡的传奇人物：一个贫穷的佃户的儿子，靠着自己的奋斗，竟然开起了好几家兴旺的商店，买了几十间房子，成了使很多人羡慕的成功者。家乡的老人，至今说起父亲依旧肃然起敬。年轻时他也曾冒过一点风险，抗日战争初期，在日本人的刺刀和枪口的封锁下，他摇着小船从外地把老百姓需要的货物运回家乡，既为父老乡亲做了好事，也因此发了一点小财。抗战结束后，为了使他的店铺里的职员们能逃避国民党军队"抓壮丁"，父亲放弃了家乡的店铺，力不从心地到上海开了一家小小的纺织厂。他本想学那些叱咤风云的民族资本家，也来个"实业救国"，想不到这就是他在事业上衰败的开始。在汪洋一般的大上海，父亲的小厂是微乎其微的小虾米，再加

挥　手

上他没有多少搞实业和管理工厂的经验，这小虾米顺理成章地就成了大鱼和螃蟹们的美餐。他的工厂从一开始就亏损，到解放的时候，这工厂其实已经倒闭，但父亲要面子，不愿意承认失败的现实，靠借债勉强维持着企业。到公私合营的时候，他那点资产正好够得上当一个资本家。为了维持企业，他带头削减自己的工资，减到比一般的工人还低。他还把自己到上海后造的一幢楼房捐献给了公私合营后的工厂，致使我们全家失去了存身之处，不得不借宿在亲戚家里，过了好久才租到几间石库门里弄中的房间。于是，在以后的几十年里，他一直是一个名不副实的资本家，而这一顶帽子，也使我们全家消受了很长一段时间。在我的童年时代，家里一直是过着清贫节俭的生活。记得我小时候身上穿的总是用哥哥姐姐穿过的衣服改做的旧衣服，上学后，每次开学前付学费时，都要申请分期付款。对于贫穷，父亲淡然而又坦然，他说："穷不要紧，要紧的是做一个正派人，做一个对社会有贡献的人。"我们从未因贫穷而感到耻辱和窘困，这和父亲的态度有关。"文革"中，父亲工厂里的"造反队"也到我们家里来抄家，可厂里的老工人知道我们的家底，除了看得见的家具摆设，家里不可能有什么值钱的东西。来抄家的人说："有什么金银财宝，自己交出来就可以了。"记得父亲和母亲耳语了几句，母亲便打开五斗橱抽屉，从一个小盒子里拿出一根失去光泽的细细的金项链，交到了"造反队员"的手中。后来我才知道，这根项链，还是母亲当年的嫁妆。这是我们家里唯一的"金银财宝"……

"文革"初期的一天夜晚，"造反队"闯到我们家带走了父亲。和我们告别时，父亲非常平静，毫无恐惧之色，他安慰我们说："我没有做过亏心事，他们不能把我怎么样。你们不要为我担心。"当时，我感到父亲很坚强，不是一个懦夫。在"文革"中，父亲作为"黑七类"，自然度日如年。但就在气氛最紧张的日子里，仍有厂里的老工人偷偷地跑来看父亲,还悄悄地塞钱接济我们家。这样的事情,在当时简直是天方夜谭。我由此了解了父亲的为人,也懂得了人与人之间未必是你死我活的阶级斗争关系。父亲一直说:"我最骄傲的事业,就是我的子女,个个都是好样的。"我想,我们兄弟姐妹都能在自己的岗位上有一些作为,和父亲的为人,和父亲对我们的影响有着很大关系。

记忆中,父亲的一双手老是在我的面前挥动……

我想起人生路上的三次远足,都是父亲去送我的。他站在路上,远远地向我挥动着手,伫立在路边的人影由大而小,一直到我看不见……

第一次送别是我小学毕业,我考上了一所郊区的住宿中学,那是二十世纪六十年代初。那天去学校报到时,送我去的是父亲。那时父亲还年轻,鼓鼓囊囊的铺盖卷提在他的手中并不显得沉重。中学很远,坐了两部电车,又换上了到郊区的公共汽车。窗外掠过很多陌生的风景,可我根本没有心思欣赏。我才十四岁,从来没有离开过家,没有离开过父母,想到即将一个人在学校里过寄宿生活,不禁有些害怕,有些紧张。一路上,父亲很少说话,只是面带微笑默默地看着我。当公共汽车在郊区的公路上疾驰时,父亲望着窗外绿色的田野,表情变得很开朗。我感觉到离家越来越远,便忐忑不安地问:"我们是不是快要到了?"父亲没有直接回答我,指着窗外翠绿的稻田和在风中飘动的林荫,答非所问地说:"你看,这里的绿颜色多好。"他看了我一眼,大概发现了我的惶惑和不安,便轻轻地抚摸着我的肩胛,又说:"你闻闻这风中的味道,和城市里的味道不一样,乡下有草和树叶的气味,城里没有。这味道会使人健康的。我小时候,就是在乡下长大的。离开父母去学生意的时候,只有十二岁,比你还小两岁。"父亲说话时，抚摸着我肩胛的手始终没有移开，"离开家的时候也是这样的季节，比现在晚一些，树上开始落黄叶了。那年冬天来得特别早，我离家才没有几天，突然就发冷了，冷得冰天雪地，田里的庄稼全冻死了。我没有棉袄，只有两件单衣裤，冷得瑟瑟发抖，差点没冻死。"父亲用很轻松的语气，谈着他少年时代的往事，所有的艰辛和严峻，都融化在他温和的微笑中。在我的印象中，父亲并不是一个深沉的人，但谈起遥远往事的时候，尽管他微笑着，我却感到了他的深沉。那天到学校后，父亲陪我报到，又陪我找到自己的寝室，帮我铺好了床铺。接下来，就是我送父亲了，我要把他送到校门口。在校门口，父亲拍拍我肩膀，又摸摸我头，然后笑着说："以后，一切都要靠你自己了。开始不习惯，不要紧，慢慢就会习惯的。"说完，他就大步走出了校门。我站在校门里，目送着父亲的背影。校门外是一条大路，父亲慢慢地向前走着，并不回头。我想，父亲一定会回过头来看看我的。果然，走出十几米远时，父亲回过头来，见我还站着不动，父亲就转过身，使劲向我挥手，叫我回去。我只觉得自己的视线模糊起来……在我少年的心中，我还是第一次感到自己对父亲是如此依恋。

父亲第二次送我，是"文革"中了。那次，是出远门，我要去农村"插队落户"。当时，父亲是"有问题"的人，不能随便走动，他只能送我到离家不远的车站。那天，是我自己提着行李，父亲默默地走在我身边。快分手时，他才讷讷地说："你自己当心了。有空常写信回家。"我上了车，父亲站在车站上看着我。他的脸上没有露出别离的伤感，而是带着他常有的那种温和的微笑，只是有一点勉强。我知道，父亲心里并不好受，他是怕我难过，所以尽量不流露出伤感的情绪。车开动了，父亲一边随着车的方向往前走，一边向我挥着手。这时我看见，他的眼睛里闪烁着晶莹的泪光……

父亲第三次送我，是我考上大学去报到那一天。这已经是1978年春天。父亲早已退休,快七十岁了。那天,父亲执意要送我去学校,我坚决不要他送。父亲拗不过我,便让步说:"那好,我送你到弄堂口。"这次父亲送我的路程比前两次短得多,但还没有走出弄堂,我发现他的脚步慢下来。回头一看,我有些吃惊,帮我提着一个小包的父亲竟已是泪流满面。以前送我,他都没有这样动感情,和前几次相比,这次离家,我的前景应该是最光明的一次,父亲为什么这样伤感?我有些奇怪,便连忙问:"我是去上大学,是好事情啊,你干吗这样难过呢?"父亲一边擦眼泪一边回答:"我知道,我知道。可是,我想,为什么总是我送你离开家呢?我想,我还能送你几次呢?"说着,泪水又从他的眼眶里涌了出来。这时,我突然发现,父亲花白的头发比前几年稀疏得多,他的额头也有了我先前未留意过的皱纹。父亲是有点老了。唉,这是没有办法的事情,儿女的长大,总是以父母青春的流逝乃至衰老为代价的,这过程,总是在人们不知不觉中悄悄地进行,没有人能够阻挡这样的过程。

父亲中年时代身体很不好,严重的肺结核几乎夺去他的生命。曾有算命先生为他算命,说他五十七岁是"骑马过竹桥",凶多吉少,如果能过这一关,就能长寿。五十七岁时,父亲果真大病一场,但他总算摇摇晃晃地走过了命运的竹桥。过六十岁后,父亲的身体便越来越好,看上去比他实际年龄要年轻十几二十岁。曾经有人误认为我们父子是兄弟。八十岁之前,他看上去就像六十多岁的人,说话,走路,都没有老态。几年前,父亲常常一个人突然地就走到我家来,只要楼梯上响起那缓慢而沉稳的脚步声,我就知道是他来了,门还没开,门外就已经漾起他含笑的喊声……四年前,父亲摔断了胫股骨,在医院动了手术,换了一个金属的人工关节。此后,他便一直被病痛折磨着,一下子老了许多,再也没有恢复以前那种生机勃勃的精神状态。他的

挥 手

手上多了一根拐杖,走路比以前慢得多,出门成了一件困难的事情。不过,只要遇到精神好的时候,他还会拄着拐杖来我家。

在我的所有读者中,对我的文章和书最在乎的人,是父亲。从很多年前我刚开始发表作品开始,只要知道哪家报纸和杂志刊登了我的文字,他总是不厌其烦地跑到书店或者邮局里去寻找,这一家店里没有,他再跑下一家,直到买到为止。为做这件事情,他不知走了多少路。我很惭愧,觉得我那些文字无论如何不值得父亲去走这么多路。然而再和他说也没用。他总是用欣赏的目光读我的文字,从他阅读时的表情,我知道他很为自己的儿子骄傲。对我的成就,他总是比我自己还兴奋。这种兴奋,有时我觉得过分,就笑着半开玩笑地对他说:"你的儿子很一般,你不要太得意。"他也不反驳我,只是开心地一笑,像个顽皮的孩子。在他晚年体弱时,这种兴奋竟然一如十多年前。前几年,有一次我出版了新书,准备在南京路的新华书店为读者签名。父亲知道了,打电话给我说他要去看看,因为这家大书店离我的老家不远。我再三关照他,书店里人多,很挤,千万不要凑这个热闹。那天早晨,书店里果然人山人海,卖书的柜台几乎被热情的读者挤塌。我欣慰地想,还好父亲没有来,要不,他撑着拐杖在人群中可就麻烦了。于是我心无旁骛,很专注地埋头为读者签名。大概一个多小时后,我无意中抬头时,突然发现了父亲,他拄着拐杖,站在远离人群的地方,一个人默默地在远处注视着我。唉,父亲,他还是来了,他已经在一边站了很久。我无法想象他是怎样拄着拐杖穿过拥挤的人群上楼来的。见我抬头,他冲我微微一笑,然后向我挥了挥手。我心里一热,笔下的字也写错了……

去年春天,我们全家陪着我的父母去杭州,在西湖边上住了几天。每天傍晚,我们一起在湖畔散步,父亲的拐杖在白堤和苏堤上留下了轻轻的回声。走得累了,我们便在湖畔的长椅上休息,父亲看着孙子不知疲倦地在他身边蹦跳,微笑着自言自语:"唉,年轻一点多好……"

死亡是人生的必然归宿,雨果说它是"最伟大的平等,最伟大的自由",这是对死者而言,对失去了亲人的生者们来说,这永远是难以接受的事实。父亲逝世前的两个月,病魔一直折磨着他,但这并不是什么不治之症,只是一种叫"带状疱疹"的奇怪的病,父亲天天被剧烈的疼痛折磨得寝食不安。因为看父亲走着去医院检查身体实在太累,我为父亲送去一辆轮椅,那晚在他身边坐了很久,他有些感冒,舌苔红肿,说话很吃力,很少开口,只是微笑着听我们说话。临走时,父亲用一种幽远怅惘的目光看着我,几乎是乞求似的对我说:"你要走?再坐一会儿吧。"离开他时,我心里很难过,我想以后一定要多来看望父亲,多和他说说话。我绝没有想到,再也不会有什么"以后"了,这天晚上竟是我们父子间的永别。两天后,他就匆匆忙忙地走了。父亲去世前一天的晚上,我曾和他通过电话,在电话里,我说明天去看他,他说:"你忙,不必来。"其实,他希望我每天都在他身边,和他说话,这我是知道的,但我却没有在他最后的日子里每天陪着他!记得他在电话里对我说的最后一句话是:"你自己多保重。"父亲,你自己病痛在身,却还想着要我保重。你最后对我说的话,将无穷无尽回响在我的耳边,回响在我的心里,使我的生命永远沉浸在你的慈爱和关怀之中。父亲!

在父亲去世后的日子里,我一个人静下心来,面前总会出现父亲的形象。他像往常一样,对着我微笑。他就站在离我不远的地方,向我挥手,就像许多年前他送我时,在路上回过头来向我挥手一样,就像前几年在书店里站在人群外面向我挥手一样……有时候我想,短促的人生，其实就像匆忙的挥手一样，挥手之间，一切都已经过去，已经成为过眼烟云。然而父亲对我挥手的形象，我却无法忘记。我觉得这是一种父爱的象征，父亲将他的爱，将他的期望，还有他的遗憾和痛苦，都流露宣泄在这轻轻一挥手之间了。

二寸之间

古人有一个很有意思的比喻，两代人之间，即父母和子女间的距离，为一寸，而祖孙之间的距离，为二寸。这一寸和二寸间的距离，对从前的人来说，差距并不太大，中国人几代同堂，老少共居一室，亲密无间，是非常普遍的事情。不要说二寸，即便是"三寸"，也不是遥不可及的关系。

我没有见过我的祖父，在我出生前的很多年，他就去世了。祖父是崇明岛上一个租别人的田地耕种的穷人，生前没有留下照片，我不知道他长得什么模样，据说很像我父亲，不过我无法想象。我的祖母却在我的童年生活中留下了无比亲切的记忆。我和祖母的接触，也就是童年的三四年时间，我吃过祖母烧的饭菜，穿过祖母做的布鞋，祖母在灯下一针一线为我们几个调皮的孙儿补袜子的情景，在我的记忆中如同一幅温馨的油画。在记忆里，祖母是慈爱的象征，我至今仍清晰地记得她的微笑和声音，记得她枯瘦的手抚摸我脸颊的感觉。

我的外公和外婆去世得更早，我只是在母亲那本发黄的老相册上见过外公和外婆。外公是一个非常英俊的男人，照片上他目光炯炯地盯着我，但我却无法在他的凝视下产生一点亲切感。而我的外婆，在我母亲还是婴儿时就撒手人寰,她是在分娩时去世的,生下的男孩,也就是我最小的舅舅,也没有活过一个月。照片上的外婆是一个绝色美女,眉眼间流露出深深的哀伤,仿佛在拍照时就预感到自己悲剧的命运。尽管母亲曾给我讲过不少关于外公和外婆的故事,但我感觉,这更像是小说中的情节,和我的关系不大。但是,另一个外婆的形象,在我的记忆中却和祖母一样亲切。这外婆并不是母亲相册中那个表情哀伤的美女,而是另外一位慈眉善目的白发老人。我的亲外婆去世后,外公又续弦娶了一个女人,这就是以后和我有了千丝万缕关系的另一个外婆。我和外婆住在同一个屋顶下的时间很短,还不到一年,那是在我四岁的时候。印象中外婆是个劳碌的人,照顾着很多人的衣食起居,一天到晚忙着,没有时间和我说话。后来,我们全家搬出去住了,去外婆家,就成了我们生活中的一件经常的事情。等我稍大一点,我发现外婆原来是一个很有情趣的人。一次,我去看外婆,从床底下的一个箱子里拿出几本线装书,还是她当年读私塾时用过的书,一本是《千家诗》,另一本是《古文观止》。她说:"这里面的诗,我现在还能背。"我便缠着外婆要她背古诗,她也不推辞,放开喉咙就大声背了起来:"清明时节雨纷纷,路上行人欲断魂……""二月湖水清,家家春鸟鸣……"外婆背唐诗摇头晃脑,像唱歌一样,一副陶然自得的样子。她说,小时候读私塾时,老师就是这样教她背的,背不出,要用板子打手心。外婆喜欢的唐诗大多是描绘春天景色的,听她背诵这些诗句,我心驰神游,飞向春光烂漫的大自然。外婆和我住在同一个城市里,每年春节,我们都要去给外婆拜年,从我的童年时代一直到中年,年年如此。小时候是跟着父母去,成家后是和妻子一起带着儿子去。外婆长寿,活到九十四岁,前年才去世。去世前不久,我带儿子去看她,她躺在床上,还用最后的力气背唐诗给儿子听。

儿子和外婆之间,是"三寸"的关系了,他对外婆的称呼是"太太"。看到他和外婆拉着手交谈,我感到欣慰。儿子不知道什么"二寸"和"三寸",但我从小就让他懂得要爱长辈,要关心老人。儿子和我的父母这"二寸"之间,可谓亲密无间。七年前,父亲卧病在床,我无法带儿子天天去看他,儿子每天放学回家先打一个电话给父亲,祖孙之间的通话很简单,总是儿子问:"公公,你好吗?""公公,身上痛不痛?"然后是父亲问孙子:"你在学校里快乐吗?""功课做好了没有?"就是这样简简单单的对话,对我的父亲来说,却是他离开人世前最大的快乐。听听孙子稚气的声音,感受来自孙辈的关怀,胜过天下的山珍海味。

外婆去世后,我便再也没有可以维系的"二寸"之间的长辈关系了。每年春天,我和儿子总要陪着母亲去扫墓。站在长辈的墓前,遥远的往事又回到了眼前,亲近犹如昨天。"一寸"和"二寸"之间,此时便又失去了距离。

亲　婆

　　人的记忆是一个魔匣，它可以无穷无尽地装入，却不会丢失。你不打开这个魔匣，记忆都安安分分地在里面待着，不会来打搅你，也不会溜走。可是，只要你一打开它，往事就会像流水，像风，像变幻不定的音乐，从里面流出来，涌出来，你无法阻挡它们。

　　这几天，我突然想起了我的亲婆。亲婆，是我父亲的母亲，也就是祖母。我们家乡的习惯，都把祖母叫作亲婆。

　　亲婆去世的时候，我刚过十岁。我和她相处，不过几年，而且是在尚未开蒙的幼年，可是，直到今天，将近四十年过去了，亲婆的形象在我的记忆中还是那么清晰。她挪动着一双小脚，晃动着一头白发，微笑着向我走过来，一如我童年的时光。

　　亲婆是个很普通的老人，她的一生中大概没有任何惊心动魄的事件，我记忆中的故事和场景，也都平平常常，但我却无法忘记它们。我想，人间的亲情，大概就是这样。

她头上有只猫

我六岁之前,亲婆住在乡下,在崇明岛。我和亲婆之间,隔着一条浩浩荡荡的长江,我觉得她离我很远。

五岁那年,我乘船到乡下去玩。第一次看到亲婆时,我吓了一跳。亲婆的头上,竟然有一只大花猫!那只花猫亲昵地蹲在亲婆的肩头,把两只前爪搭在亲婆的头顶上。那时,我怕猫,尤其是那种有着虎皮斑纹的花猫,它们看上去阴险而凶猛,当它们大睁着绿色的眼睛瞪着我看的时候,我觉得它们的脑子里有很多狡猾残酷的念头,它们把我当作了老鼠,随时会向我扑过来。趴在亲婆头顶上的就是这样一只花猫。这只凶猛的花猫竟不怕我的矮小瘦弱的老亲婆,这实在使我感到吃惊。亲婆看着我,笑着站起来,那只花猫便从她的肩头跳下来,弓着腰冲我怪叫一声,消失在阴暗的屋角里。

开始时,我觉得亲婆不可亲近,原因就是那只可怕的花猫。亲婆亲热地伸手摸我的脸时,我本能地往后躲。我想,她喜欢和这么吓人的猫亲热,为什么还要来和我亲热,我甚至觉得她的脸也有点像猫。

祖母问我:"你怕我?"

我点点头。

祖母觉得很奇怪,又问:"你为什么怕我?"

我回答:"我看见猫爬在你头上。"

祖母笑起来,她说:"哦,我的孙子不喜欢猫爬到他亲婆的头上。"

后来,我发现那只花猫其实一点也不凶,第二天,它就和我熟悉了,看见我,它不再躲开,还会用它那毛茸茸的身体蹭我的脚。

随着那只猫在我心目形象的渐渐改变,亲婆也慢慢变得可亲起来。

一直使我感到奇怪的是,除了第一次见到亲婆那一次,我以后再也没有见过那只花猫爬到她的头上。也许，亲婆知道我不喜欢看到那猫爬到她头上后，就再也不许猫在自己身上乱爬。

她的小脚

亲婆年纪要比我大将近七十岁，她的脚却比我的还要小，这是多么奇怪的事情。亲婆的小脚，就是从前女人的那种"三寸金莲"。

那时，我在城里也看到过缠过足的老太太，人们把她们称作"小脚老太婆"。她们走路的样子很奇怪，尤其是急步快跑的时候，摇摇摆摆，使人觉得她们随时会摔倒在地。我一直感到奇怪，老太太们的脚，怎么会这样小。对于我没有弄清楚的事情，我喜欢发问。现在，有了一个小脚的亲婆，我可以问个究竟了。"你的脚怎么这样小？"我问亲婆。

亲婆正坐着拣菜，我的问题使她有点不知所措。她不愿意解释，又不想被五岁的孙子问倒，就笑着敷衍说："乡下的女人，生下来就是小脚。"

这样的回答显然很荒谬，因为，站在一边上的乡下女孩，脚就比她还大。

我不满意了，大喊起来："亲婆骗人！亲婆骗人！"

见我这么喊，亲婆急了，她把我按到板凳上，开始告诉我，从前的女人怎样缠足。她甚至从箱子底下找出了一根长长的缠足布，比画给我看，当年女人怎样缠足。

这个话题，对祖母绝不是一个愉快的话题，但是为了满足我的好奇心，她不厌其烦地向我讲解着。

我问她缠足痛不痛。她皱了皱眉头，好像被人打了一下。

"痛不痛啊？"我追着问。

"痛。痛得差点要了我的命。"

"缠小脚又痛又难看,你为什么不把那布条扔掉呢?"我紧追不舍地问她。

"唉,"亲婆叹了口气,"那时我还是个小孩,是大人逼着这样做,没办法的。我偷偷把布条解开过,被打了一顿,布条又绑上去,还绑得更紧,痛得我死去活来。做女人苦哇……"

我后来才知道,亲婆小时候是"童养媳",吃了很多苦。回想我小时候这样追问亲婆,逼着她回忆痛苦的往事,真是有点残酷。

在药店门口

我回上海去的前一天,亲婆带我到镇上去。走过一家中药店时,她说要进去买一点好吃的给我带回去。我不喜欢药店,药店的坛坛罐罐里,放着晒干的树叶草根,还有许多奇怪的切成碎片的怪东西。它们怎么会好吃呢?我觉得亲婆是糊弄我,噘着嘴不肯进去。亲婆说:"好,你在这里玩,我去一去就来。"

药店边上有一堵断墙,我躲在墙后面,心里想,你不给我买好吃的,我就让你找不到我。过了一会儿,只见亲婆急急忙忙地从药店里出来,手里拿着一个纸包。她站在药店门口,东张西望了一阵,看不到我影子,便喊了两声,我偷偷地笑着,不发出声音来。她急了,颠动着一双小脚,朝相反的方向跑去。眼看她走得很远了,我才从断墙后走出来,大声喊:"亲婆,我在这里。"

她转过身来,以极快的步子向我奔过来,走到我身边时,路上的一块石头绊了她一下,她打了个趔趄,差点摔倒。我迎上去一步,扶住了亲婆。她一把拽住我的手,气喘吁吁地说:"你到哪里去了?把我的老命也急出来了。"看到她这样着急,我觉得很好玩。我在这里好好的，她这么急干吗？

她打开纸包，里面包的不是药草，而是一种做成小方块，在火上烤熟的米糕。她塞了一块在我的嘴里，这米糕，又脆又甜，好吃极了。

我这才知道，亲婆没有骗我。我也知道了，世界上原来还有卖这样美味食品的中药店。

她到上海来了！

有一天，父亲问我："我要把亲婆接到上海来住，你高兴不高兴？"

"亲婆来我们家？"

父亲点点头。

"好啊，亲婆来啦！"我高兴得跳起来。

亲婆来上海，是我家的一件大事。那天下午，阳光灿烂，我和妹妹跟着父亲，到码头上去接亲婆。

亲婆从船上走下来的情景，我记得特别清晰。午后的阳光照在亲婆的脸上，一头白发变得金光闪闪。她眯缝着眼睛，满脸微笑，老远向我们招手。我的两个姐姐一左一右扶着她，慢慢地走出码头。她嫌姐姐走得太慢，甩开了她们的手，三步并作两步向我们奔过来……

出码头后，父亲要了两辆三轮车，他和两个姐姐坐一辆在前面引路，我和妹妹跟亲婆坐后面一辆。我和妹妹一左一右坐在亲婆的两边，她伸手揽住我们的肩胛，笑着不断地说："好了，好了，我们可以天天在一起了。"我和妹妹靠在她身上，兴奋得不知说什么好。亲婆从她的小包裹里拿出两个纸包，我和妹妹一人一包。隔着纸包，我就闻到了烤米糕的香味。

三轮车经过外滩时，她仰头看着那些高大的建筑，嘴里喃喃地惊叹:"这么大的石头房子。"我后来才知道,亲婆以前从来没有到过上海。

"亲婆,以后我陪你来玩。"我拍着胸脯向亲婆许诺。

"我这个小脚老太婆,哪里也去不了。"亲婆拍拍我的肩胛,笑着说。

亲婆没有说错,到上海后,她整天在家里待着,几乎从不出门。外滩,她就见了这一次。我的许诺,直到她去世也没有兑现。

有她的日子

天天有亲婆陪伴的日子,是多么美妙的日子。

在我记忆里,亲婆像一尊慈祥的塑像。她坐在厨房里,午后的阳光柔和地照在她瘦削的肩头上。一只藤编的小匾篮,搁在她的膝盖上。小匾篮里,放着我们兄弟姐妹的破袜子。亲婆一针一线地为我们补着破袜子。那时,没有尼龙袜,我们穿的是纱袜,穿不了几天脚趾就会钻出来。在上海,我们兄弟姐妹一共有六个,我们的袜子每天都会有新的破洞出现,于是亲婆就有了干不完的活。我的每一双袜子上,都密密麻麻地缀满了亲婆缝的针线。补到后来,袜底层层叠叠,足有十几层厚,冬天穿在脚上,像一双暖和的棉袜套。

那时家里有一个烧饭的保姆,可有些事情亲婆一定要自己来做。她常常动手做一些家乡的小菜,我们全家都喜欢她做的菜。亲婆做菜,用的都是最平常的原料,可经她的手烹调,就有了特殊的鲜味。譬如,她常做一种汤,名叫"腌鸡豆板汤",味道极其鲜美。所谓"腌鸡",其实就是咸菜。父亲最爱吃这种汤,他告诉我,家乡的人这么评论这汤:"三天不吃腌鸡豆板汤,脚股郎里酥汪汪。"不吃这汤,脚也会发软。祖母做这汤时,总是分派我剥豆壳。我们祖孙两人一起剥豆壳的时候，也是我缠着祖母讲故事的时候。不过，祖母不善讲故事。我知道，她年纪轻的时候，还是清朝，我问她清朝是什么样子，她只知道皇帝和长毛，还知道那时男人梳辫子，女人缠小脚。她的那对小脚就是清朝的遗物。

小时候我也是个淘气包，天天在外面玩得昏天黑地，回到家里，总是浑身大汗，脏手往脸上一抹，便成了大花脸。从外面回家，要经过一段黑洞洞的楼梯，只要我的脚步声在楼梯上响起，亲婆就会走到楼梯口等我，喊我的小名。亲婆的声音，就是家的声音。从楼下进门，我嚷着口渴，亲婆总是在一个粗陶的茶缸里凉好了一缸开水，我可以咕嘟咕嘟连喝好几碗。我觉得，亲婆舀给我的凉开水，比什么都好喝。我在外面玩，亲婆从来不干涉我，只是叮嘱我不要闯祸。一次，帮我洗衣裳的保姆埋怨我太贪玩，衣服老是脏。亲婆听见后，便说："小孩子，应该玩，不像我小脚老太婆，没办法出门。小时候不玩，长大后就没有工夫玩了。不过要当心，不要闯祸。衣服弄脏，没关系。"她对保姆说："你来不及洗，我来洗。"在长辈里，只有亲婆这么说，她懂得孩子的心思。

一只苹果

床底下，飘出一阵又一阵诱人的苹果香味，使我忍不住趴到地上，向床底下窥探。

那是经济困难时期，食品严重匮乏，有钱也买不到吃的东西。糖果糕点都成了稀罕物。一天，一个亲戚来做客，送了一小篓苹果。又大又红的苹果，放在桌子上满屋子飘香。竹篓子用红线绑着，母亲不把红线拆开，苹果是不能吃的，这是家里的规矩。

母亲把苹果放在自己的床底下，可苹果的香气还是不断地从床底下散发出来,闻到香气,我就直咽口水。对一个不时被饥馑困扰的孩子来说,这实在是一种大诱惑。房间里没人的时候,我就趴在地上,把苹果篓拉出来,然后欣赏一阵,用鼻子凑上去闻闻它们的香味。那香味好像在用动听的声音对我说:"来呀,来吃我呀。不把我吃了,我会烂掉。"

我终于无法忍受苹果的诱惑。竹篓子的网眼很大,不必把红线拆掉,我从网眼中挖出一个苹果来,一个人躲到晒台上美餐了一顿。

两天后,母亲想起了床底下的苹果。晚饭后,母亲拿出苹果,她拆开红线,打开竹篓一看,发现少了一个。母亲的脸沉下来,当着全家人的面,大声问:"是谁嘴这么馋,偷吃了一个苹果?"

哥哥姐姐和妹妹都说没吃,我想承认,但又怕受到母亲的斥责。母亲见没人承认,光火了:"难道,苹果自己跑掉了?今天非得弄个水落石出不可!"见母亲发这么大的火,我更不敢承认了。

见没有人出来承认,母亲的火气越来越大,她把苹果篓收了起来,说:"这件事情不弄清楚,谁也不要想吃苹果。"

这时,发生了一件我意想不到的事情。一直在一边默默地听着的亲婆突然站了出来,她笑着对母亲说:"那只苹果是我吃掉的。你就把剩下的苹果分给小囡吃吧。"

亲婆吃了一个苹果,母亲当然无话可说。她不再追问,打开竹篓,一声不响地分给我们每人一个苹果。分到亲婆时,苹果已经没有了。亲婆说:"我已经吃过了,不要再分给我了。"我手里捧着一个苹果,心里很难过。我知道,亲婆没有吃过苹果,可她为什么这么说呢?

等房间里没有人时,我走到亲婆面前,把苹果塞到她手里,轻轻地说:"亲婆,这个苹果,应该你吃。"亲婆摸摸我的头,把苹果放回到我的手中。

"小孩子,想吃苹果没什么不对。吃吧。"

我不敢抬头看亲婆，我知道，亲婆心里什么都明白。

这次"苹果事件"，以后再也没有人过问，只有我和亲婆知道其中的秘密。不过，我一直没有向她坦白。直到现在，想起这件事情，我还会觉得歉疚。

她和"疯老太"

我闯祸了！

我拼命奔跑着，一个怒气冲冲的老太婆，挥舞着一根木棍在我身后紧追不舍。

这老太婆是一个孩子们见了都怕的女人，她的身体粗壮，面貌丑陋，说话粗声大气，像一个凶恶的女巫。孩子们在背后都叫她"疯老太"。那天，我在弄堂里和几个小伙伴一起玩耍，"疯老太"在弄堂口午睡，她躺在一张破席子上，大声地打着呼噜。

有人挑唆我："你敢不敢用西瓜皮扔她。"为了表现我的大胆，我捡起地上的两块西瓜皮，向"疯老太"扔去。西瓜皮不偏不倚，正好落在"疯老太"的脸上。"疯老太"从梦中被惊醒，一下子从地上跳了起来，她摸着被西瓜皮打湿的脸，怒不可遏地大叫："哪个赤佬想寻死？"我赶紧扔掉手里的另外一块西瓜皮，"疯老太"发现了，大喝一声："是你！今天我要打死你！"一边喊着，一边猛地向我扑过来。

我无路可逃，只能往家里跑。我奔进门，踏上楼梯，只听见后面的脚步声紧随着咚咚咚跟了上来。

我奔进楼梯边的亭子间，亲婆一个人坐在屋里补袜子。见我这么惊慌，亲婆忙问："什么事？"然而我已经没有时间解释了，楼梯上传来了疯婆子的叫骂声："小赤佬，看你逃到哪里去，今天我要打死你！"

亲婆放下手里的针线，一把将我推到门背后，低声关照我："站着别出声！"然后又坐到原来的位置上，拿起针线做补袜子状。

这时，"疯老太"已经追到亭子间门口，她站在门口，大声问亲婆："那个小赤佬呢？你看见他了吗？"

我躲在门背后，紧张得不敢出气。此刻，我和"疯老太"距离不到一尺，能听到她急促的喘气声。站在门背后，我能看到亲婆，只见她很镇静地坐在那里，不动声色地回答"疯老太"："没有看见。"

"疯老太"在门口站了片刻，骂骂咧咧地下楼去了。

我从门背后走出来，还吓得直发抖。亲婆问清了事发的缘由，把我说了几句。她要带我去向"疯老太"道歉。我一听，慌了："那怎么行？她是疯子，要打人的！"

"我看她不疯。你们这样作弄她，她才生气。你不要害怕，我和你一起去找她。"

亲婆到上海后，很少出门，也不怎么和邻居交往。可这次，她却一反往常，一定要我带她去找"疯老太"。我知道自己理亏，可我怕被"疯老太"打，赖着不肯去。亲婆生气了，板着脸说："你不带我去找她，不向她去认个错，以后就不要叫我亲婆。"

我还是第一次看见亲婆这样生气，心里有点害怕，就答应了她。

第二天傍晚，亲婆牵着我的手，在苏州河边上找到了"疯老太"。我非常紧张，怕"疯老太"会扑上来打我，想不到，"疯老太"已经不记得我了。亲婆走到"疯老太"面前，说："上次，是我的孙子用西瓜皮扔了你，我带他来向你认错。"说着，她把我拉到"疯老太"跟前。我对"疯老太"说了声对不起，她愣了一下，笑起来。"疯老太"原来并不可怕。她眨了眨那双泪汪汪的红肿的眼睛，挥了挥手，大声说："事情过去就算了，小孩子，以后不要干坏事，干坏事，要吃苦头！"

以后,"疯老太"看到我,总是对我笑。

死和生

亲婆的死,在我童年的经历中,留下了最深刻的印记。这一年,我上二年级。

那天晚上,我在一个同学家里做功课,只觉得眼皮跳个不停,听大人说过,眼皮跳,总会有什么倒霉的事情会发生,会发生什么事情呢?眼皮越跳越厉害,跳得我心烦意乱。功课还没有做完,有一个同学从外面跑来找我,告诉我家里出了事情。

"你家有老人从楼梯上摔下来,你快回家去!"

我家的老人,一定是亲婆!我只觉得脑子嗡的一声炸开了。我一路奔跑着回到家里。走过那一段黑洞洞的楼梯时,我突然听到亲婆在叫我的小名。平时我放学回家时,亲婆总是站在楼梯口这样叫我。我心里一松,亲婆能叫我,大概没有什么事情。

可是亲婆不在楼梯口。楼梯口,围着不少人,都是平时不常来我家的邻居。他们见我回来,赶紧让出路来。我发现,他们的目光异样,似乎是同情,又是可怜。我走进房间,只见父母和哥哥姐姐都站在亲婆的床边。

亲婆睡在床上,半边的脸都肿了。她从楼梯上摔下去,头撞在地板上,被人背上来时,神志依然清醒。我扑到她身边,流着泪大声喊她。她睁开眼睛,看了我一眼,吃力地咧开嘴笑了笑,从喉咙里吐出几个含糊不清的字:"不要哭,我七十八岁了……"

我回家后不到十分钟,亲婆就断了气。断气时,父亲紧紧地抱着她。我听到父亲像孩子一样哭着喊妈妈。这是我第一次看见父亲哭,而且哭得如此悲恸。我跟着父亲一起大哭,一边哭,一边喊亲婆。我觉得亲婆是不会这么死去的，我拼命摇着她的身体，希望她睁开眼睛，然而她再也不会醒来了。

我用蒙眬的泪眼凝视着亲婆平静安详的脸，往事一幕一幕重现在眼前，它们都已经过去，永远不会在我的生活中重演。以后的日子，我将失去亲婆的关怀和爱。我曾经答应过她，长大后，要买最好吃的东西来孝敬她，现在没有机会了。想到这些，我泪如泉涌⋯⋯

这是我第一次体会到亲人离去的悲痛。

在亲婆去世的哀声中，我感到自己突然长大了许多。

我从记忆的匣子里倒出这些零星的往事，亲婆的形象，又像当年那样清晰地出现我的眼前。记忆使时光倒流，记忆也使亲人死而复生。

囚 蚁

　　童年时曾经认为世界上所有的动物都可以由人来饲养，而且所有的动物都可以从小养到大，就像人一样，摇篮里不满一尺长的小小婴儿总能长成顶天立地的大巨人。连蚂蚁也不例外。在歌子里唱过"小蚂蚁，爱劳动，一天到晚忙做工"，所以对地上的蚂蚁特别有好感，常常趴在墙角或者路边仔细观察它们的活动，看它们排着队运食物、搬家，和比它们大无数倍的爬虫和飞虫们作战……大约是五岁的时候，有一天我和妹妹忽发奇想，为什么不能把蚂蚁们放到玻璃瓶里养起来呢？像养小鸡小鸭那样养它们，给它们吃，给它们喝，它们一定会长大，长得比蟋蟀和蝈蝈们还要大。

　　这件事情并不复杂。找一个有盖子的玻璃药瓶，然后将蚂蚁捉到瓶子里，我们一共捉了十五只蚂蚁，再旋紧瓶盖。这样，这十五只蚂蚁便有了一个透明整洁的新家。我和妹妹兴致勃勃地观察着蚂蚁们在瓶子里的动静，只见它们不停地摇动着头顶的两根触须，急急忙忙地在瓶子里上下来回地走动，似乎在寻找什么。我想它们大概是饿了，便旋开瓶盖投进一些饭粒，可它们却毫无兴趣，依然惊惶不安地在瓶里奔跑。它们肯定在用它们的语言大声喊叫，可惜我听不见……第二天早晨起来.第一件事情就是看玻璃瓶里的蚂蚁。只见那十五只蚂蚁横七竖八躺在瓶底,安安静静地一动也不动——它们全都死了。我和妹妹很是伤心了一阵,想了半天,得出结论:是因为药瓶里不透气,蚂蚁们是闷死的。(现在想起来更可能是瓶里的药味使小蚂蚁们送了命。)

原因既已找到,新的办法便随之而来。我找来一只火柴盒子,准备为蚂蚁们做一个新居。怕它们再闷死,我命令妹妹用大头针在火柴盒上扎出一些小洞眼,用于透气。当时已是深秋,天气有些冷,于是妹妹又有新的担忧:"火柴盒里很冷,小蚂蚁要冻死的!"对,想办法吧。在妹妹的眼里,我这个比她大一岁的哥哥是无所不能的。我果然想出办法来:从保暖用的草饭窝里抽出几根稻草,用剪刀将稻草剪碎后装到火柴盒里,这样,我们的蚂蚁客人就有了一个又透气又暖和的新家了。我和妹妹又抓来一些蚂蚁关进火柴盒里,还放进一些饼干屑,我们相信蚂蚁们会喜欢这个新家。遗憾的是不能像玻璃瓶一样在外面可以观察它们了。但可以用耳朵来听,把火柴盒贴在耳朵上,可以听见它们的脚步声。这些窸窸窣窣的声音极其轻微,必须在夜深人静时听,而且要平心静气地听。在这若有若无的微响中,我曾经有过不少奇妙的遐想,我仿佛已看见那些快乐的小蚂蚁正在长大,它们长出了美丽的翅膀,像一群威风凛凛的大蟋蟀……

然而我们的试验还是没有成功。不到两天时间,火柴盒里的蚂蚁们全都逃得无影无踪。我也终于明白,蚂蚁们是不愿意被关起来的,它们宁可在墙角、路边和野地里辛辛苦苦地忙碌搏斗,也不愿意在人们为它们设置的安乐窝里享福。对它们来说,没有什么比自由的生活更为可贵。

不褪色的迷失

日子在一天一天过去。逝去的岁月像从山间流逝的溪水，一去不复返。回过头看一看，常常是云烟迷蒙，往事如同隐匿在雨雾中的树影，朦胧而又迷离。那么多的经历和故事搅和在一起，使记忆的屏幕变得一片模糊……

还好有一样东西改变了这种状况。它就像奇妙的魔术，不动声色地把逝去的岁月悄然拽回到你的眼前，使你情不自禁地感慨：哦，从前，原来是这样的！

这奇妙的魔术是什么呢？我的回答也许使你觉得平淡无奇，是摄影。

不过你不妨试一试，翻开你的影集，看看你从前的照片，看会产生什么感觉。如果你自己也是一个摄影爱好者，那么，看看自己从前亲手拍摄的各种各样的照片，又会有什么感想。

我的才八岁的儿子，在一次看他刚出生不久的一张洗澡的照片时惊讶地大叫："什么，我那时那么年轻！连衣服也不穿哪！啊呀，太不好意思啦！"

我一边为儿子的天真忍俊不禁，一边也有同感产生。是啊，我们都曾经那么年轻,那么天真。那些发了黄的旧照片,会帮我们找回童年或者幼年时的种种感觉。

我儿时的照片留下的很少,就那么两三张。有一张一寸的报名照,是不到三岁时拍的。照片上的我,胖乎乎的脸,傻呵呵的表情,眼睛里流露出惊恐和疑问,还隐隐约约含着几分悲伤……这张照片使我很自然地回忆起儿时的一个故事。那是我最初的记忆之一。

那是我三岁的时候。有一次,跟父亲出门,在一条马路上走失在人群中。开始还不知道什么叫害怕,以为父亲会像往常一样,马上就会出现在我的面前,将我抱起来,带回家中。然而我跌跌撞撞在马路上乱转了很久,终于发现父亲真的不见了。我惊悸的大叫引起很多行人的注意,数不清的陌生面孔团团地将我围住,很多不熟悉的声音问我很多相同的问题……然而我不愿意回答任何问题,因为我以为是父亲故意丢弃了我,我无法理解一向慈眉善目的父亲怎么会就这样把我扔在陌生人中间,自己一走了事。我以为我从此再也见不到自己的父母了,小小的心灵中充满了恐惧、悲哀和绝望。我一声不吭,也不流泪。被人抱着在街上转了几个小时之后,有人把我送到了公安局。一个年轻的女民警态度和善地安慰我,哄我,给我削苹果。另一个年轻的男民警在一边不停地打电话,听他在电话里说的话,我知道他是在帮我找爸爸。我在女民警的哄劝下吃了一个苹果,然而心里依然紧张不安。眼看天渐渐地暗下来,还没有父亲和家里的消息。我呆呆地望着窗外,恐惧和惊慌一阵又一阵向我袭来。尽管那位女民警不停地在安慰我:"你别急,爸爸就要来了,他已经在路上了,过一会儿,你就能看见他了!"但我不相信。我想,父亲大概真的不要我了,要不,他怎么天黑了还不来呢?

就在我惊恐难耐的时候,女民警突然对着门口粲然一笑,口中大叫道:"瞧,是谁来了?"我回头一看,只见父亲已经站在门口。

我永远也忘不了父亲当时的模样和表情。他那一向很注意修饰的头发乱蓬蓬的，脸似乎也消瘦了一圈。当我扑到父亲的怀抱里时，噙在眼眶里的泪水一下子夺眶而出，委屈、激动、欢喜和心酸交织在一起，化作了不可抑制的抽泣和眼泪。当我抬起头来看父亲的时候，不禁一愣：父亲的眼睛里，也噙满了泪水！在我的心目中，父亲是不会哭的，哭是属于小孩子的专利。父亲的泪水使我深深地受到了震动。父亲紧紧地抱住我，口中喃喃地、语无伦次地说着："我在找你，我在找你，我找了你整整一天，找遍了全上海，你不知道，我是多么着急……"

此刻，在父亲的怀抱里，我先前曾产生过的怀疑和怨恨顷刻烟消云散。我尽情地哭着，痛痛快快哭了个够。哭完之后，我才发现，那一男一女两位警察一直在旁边微笑着注视我们父子俩。这时，我又不好意思地笑了。那个男警察摸着我的脑袋，笑着打趣道："一歇哭，一歇笑，两只眼睛开大炮……"这是当时的孩子都知道的一首儿歌。于是我们四个人一起笑起来……

从公安局出来，父亲紧拉着我的手走在灯光灿烂的大街上。他问我："你想吃什么？我给你买。"我什么也不想吃，只想拉着父亲的手在街上默默地走，被父亲那双温暖的大手紧握着，是多么安全多么好。然而父亲还是给我买了一大包好吃的东西，让我一路走，一路吃。走着，走着，经过了一家照相馆，看着橱窗里的照片，我觉得很新鲜。长这么大，我还没有进照相馆拍过照呢。橱窗里的照片上，男女老少都在对着我开心地微笑。我想，照相一定是一件很有趣的事情。父亲见我对照片有兴趣，就提议道："进去，给你照一张相吧！"面对着照相馆里刺眼的灯光，我的眼前什么也看不见，父亲又消失在幽暗之中。于是我情不自禁又想起了白天迷路后的孤独和恐惧。摄影师大喊："笑一笑，笑一笑……"我却怎么也笑不出来。当快门响动的时候，我的脸上依然带着白天的表情。于是，就有了那张一寸的报名照。在这张小小的照片上，永远地留下了我三岁时的惊恐、困惑和悲伤。尽管这只是一场虚惊。看这张照片时，我很自然地会想起父亲，想起父亲为我们的走散和团聚而流下的焦灼、欢欣的泪水。父亲在找到我时那一瞬间的表情，是他留在我记忆中的最清晰最深刻的表情。从那一刻起，我知道了，父亲和孩子一样，也是会流泪的，这是多么温馨多么美好的泪水啊……

照片上的我永远是童稚幼儿，可是岁月却已经无情地染白了我的鬓发。而我的父亲，今年八十三岁，已经老态龙钟了。从拍这张照片到现在，有四十年了。四十年中，发生了多少事情，世事沉浮，世态炎凉，悲欢离合……可四十年前的那一幕，在我的记忆中却是特别清晰，特别亲切，仿佛就在昨天，仿佛就在眼前。岁月的风沙无法掩埋儿时的这一段记忆。当我拿出照片，看着四十年前我的茫然失措的表情，不禁哑然失笑。四十年的漫长时光在我凝视照片的一瞬间消失得无影无踪……哦，父亲，在我的记忆中，你是不会老的。看到这张照片，我就仿佛看见，你正在用急匆匆的脚步，满街满城地转着找我……而我，什么时候离开过你的视线呢？

前些日子，我，我的妻子，还有我的九岁的儿子，陪着我高龄的父母来到西湖畔。久居都市，接触大自然的机会越来越少，我想陪他们在湖光山色中散散心，也想在西湖边上为他们拍一些照片。在西湖边散步时，我向父亲说起了小时候迷路的事情，父亲皱着眉头想了好久，笑着说："这么早的事情，你怎么还记得？"我说："我怎么会忘记呢？永远也忘不了，你还记得吗，那时，你还流泪了呢！"

父亲凝视着烟雨迷蒙的西湖，久久没有说话。我发现，他的眼角里闪烁着亮晶晶的泪花……

不熄的暖灯
——怀念冰心

前几天,我在新加坡出席一个国际文学研讨会,来自世界各地的作家聚集一堂,对文学与自然环境的关系各抒己见。这本是一次欢悦的聚会。3月1日早晨,研讨会的东道主,新加坡作家协会主席王润华见到我,满脸肃穆。他告诉我:"昨天晚上,冰心去世了。"这不幸的消息,使参加研讨会的作家都沉浸在悲伤中。参加会议的作家,不管是来自中国的还是来自海外的,大多都是热爱冰心的读者,很多人曾面聆她的教诲。多年前拜访过冰心的日本女作家池上贞子叹息道:"她是一个了不起的人。"

听到冰心去世的消息,我很难过。离开会场,我一个人面对葱翠的热带雨林,遥望着北方,默立良久。一位一生笔耕的老人,以九十九岁的高龄辞世,可以说是一个奇迹。然而我相信,此刻,所有的中国作家,所有喜欢冰心作品的读者,都会为她的离去而惋惜悲痛。冰心这个名字,代表着一个时代,她是二十世纪中国新文学的高峰之一,她的那些洋溢着博大爱心的优美文字,影响了中国的几代读者。在二十世纪的最后二十年中,她和巴金一起,以自己的真诚而独特的声音,向世人展示了中国知识分子深邃的良知。他们是时代的良心，是人们心中的明灯。

在我的印象中，冰心是一位慈祥智慧的老人，想起她，我的心里总是荡漾着一种难以言喻的亲切感。那几天，新加坡的报纸都以很大的篇幅刊登出冰心的照片和有关她的报道。看着她的照片，我情不自禁地想起了我和她的一次难忘的会面。那是1990年12月9日下午，我到她家里去看望她，冰心在她的书房里接待我。在见到她之前，我心里既激动又不安，唯恐自己打搅了她。见面时，她拉着我的手，笑着说："久仰久仰，我读过你的文章。"我问她身体怎么样，她又孩子般调皮地一笑，答道："我嘛，坐以待毙。"她的幽默驱散了我的紧张。

那天，她的兴致很好，我们谈了一个多小时，她一直在不停地说，话题从文学、历史谈到时下的社会风气。老人思路清晰，对社会生活非常了解，对国内外的事件和人物有深刻独到的见解。我谈到自己从她的作品中得到的教益时，她说："你读过我最短的一篇文章吗？只有五十个字。你不会看到的，给你看看吧。"说着，她从书橱里拿出一本书，书名为《天上人间》，是一本很多人怀念周恩来的书，她为这本书写了一篇极短的序文，全文只有三句话："我深深地知道这本集子里的每一篇文章，不论用的是什么文学形式，都是用血和泪写出他们最虔诚最真挚的呼号和呜咽。因为这些文章所歌颂哀悼的人物是周恩来总理。周恩来总理是我国二十世纪的十亿人民心目中的第一位完人！冰心泪书。"她喜欢这篇写于1988年初的短文，大概是因为这些文字也表达了她对周恩来的感情。她对我说："文章不在乎长短，只要说真话，短文也是好文章。"

冰心的书房很简朴，家里的陈设也极简单。她说："有人建议，要我把家里弄得豪华一点。我不知道什么叫豪华。不过有现成的标本。

前些日子有一位海外来客,访问我之前先去拜访了一个领导人,他说,那领导人家里的豪华,不亚于日本天皇。"说这些话时,冰心的脸上露出不屑的神情。我们谈到了社会风气,谈到了老百姓深恶痛疾的腐败,她用忧虑的口吻议论道:"古人说,大丈夫威武不能屈,富贵不能淫',前面一条,很多人做到了,后面一条,我看现在很多人做不到。"我们还一起议论了很多其他事情,老人兴致勃勃,议论风生,说了一些流传在民间的笑话,引人发笑,她自己也忍不住笑。临走的时候,我把自己刚出版的一本散文选送给她,我在扉页上这样写:"敬爱的冰心老师:在风雪弥漫的日子里,你的正直和诚实为我们点燃了温暖的灯。"这些话发自我的肺腑。她仔细看了我的题字,微笑着说:"谢谢你写得这么好。"说罢,从书橱里拿出一本《冰心文集》第五卷赠我,并在扉页上为我题写了一句话:"说真话就是好文章。"

我和冰心的会面,仅此一次,我永远也不会忘记。她对我说的那些话,至今常常在我的心头萦绕。这次会面的一年之后,我写完了反思"文革"的散文集《岛人笔记》,想请冰心为这本书写一篇序。我给她写了信,并寄去了其中的部分文章。不久后,老人就给我回了信,信写得很短,然而含义幽邃,引人深思。她在信中说:"'文革'是大家的灾难,我们都有同感,现在回想起来,这件事使我大彻大悟,知道尽信书则不如无书的古训,个人崇拜是最误人的东西。"她在信中告诉我,她身体不好,住了几天医院,"恕我不能写序了,写个书名,如何?"信中寄来了她用毛笔写在宣纸上的《岛人笔记》四个字。我的《岛人笔记》虽然没有冰心的序文,但有了她为我题写的书名,使我欣慰。书法家周慧珺看到冰心为我题写的书名后,称赞她的字写得好,说冰心的字清秀脱俗,有骨力,就像她的为人。

最近几年,每次去北京,都很想去看望她,知道她生病住院,不敢随便打扰她,只能在心里默默地祝愿她健康长寿。现在,这位可敬的老人已经离我们而去,谁也无法改变这令人心痛的事实。然而,一个伟大的作家,她的精神是不死的。她留给世界的智慧和情感,绝不会随她的生命结束而消失,它们犹如一盏不熄的暖灯,映照在人类的道路上。冰心不仅属于二十世纪,她的璀璨才华和高尚人格,将伴随我们这个民族走向未来。

青　鸟

　　下了一夜大雪。天刚亮，透过镶满冰凌花的窗玻璃向外看，只见一片耀眼的白色。红色的砖墙，青灰色的屋脊，墨绿色的柏树枝，全都变白了，仿佛世界上所有的色彩都融化在这单调的白色里。北风在低低地吼叫，窗台上的积雪飞着，飘着，似在炫耀雪天的寒冷……

　　门缝里，悄然塞进一张沾着雪花的报纸来。是那个年轻的女邮递员，冰天雪地的，她还是这么早就来了。我打开门，她已经远去，那绿色的背影在晶莹的白雪之中晃动着，显得分外鲜亮。雪地上，留下一行深深的脚印，弯弯曲曲，高高低低，从这一家门口，通向那一家门口……

　　我捧着报纸，却看不下一行，那一团鲜亮的绿色，老是在我的眼前晃动、跳跃、飞翔，它仿佛化成了一只翩然振翅的鸟，飘飘悠悠地向我飞过来……

　　……绿色的鸟，在广袤的田野里飞着。近了，近了原来是一位送信的老人，骑着自行车急匆匆地过来了。他的脸是深褐色的，长年在旷野里奔波的乡邮员大多这样，只是他的脸上还刻着深深的皱纹。他的一身绿制服已经洗得很旧，只有车上挂着的那只邮袋还是绿得那么鲜亮。

"小伙子，这是你的信吧？想家吗？"当他第一次把信送到我手里时，微笑着轻轻问了一句。不知怎的，这位老乡邮员，一见面就使我感到亲切，在他善意的微笑里，在他的关切的询问中，我看见了一颗充满着同情和关怀的长者之心。

这是一个沉默寡言的老人，在农村送了几十年信。每天，他的自行车铃声在田埂上一响，田里干活的人便围了上去。于是他便开始默默地分发信件，只是偶尔关照几句。他不仅能叫出方圆几十里地的大多数人的名字，还了解每家每户的情况呢。人们亲切地叫他老张头。他管送信，也兼管寄信。社员们发信、寄包裹，都拜托他。每每一圈跑下来，他的邮袋非但不空，反而装得更鼓了。逢到雨天，乡间的泥路便不能骑车了。这种时候，老张头要迟一点来。他穿着一件宽大的雨衣，背着一个沉甸甸的大邮袋，背脊稍稍佝偻，竟显得十分矮小。尽管总是一脸雨，一脸汗，一身污泥，急匆匆的步子常常吃力而又蹒跚，然而他却从来没有耽误过一次。这几十里泥路，实在是够他受的。

那时候，信，是我生活中多么重要的内容呵。在那些小小的信封里，装着亲人们的问候，装着朋友们的友情，也装着我的秘密——远方，有一个善良而又倔强的姑娘，不顾亲友的反对，悄悄地、无任何条件地把她最纯真的初恋给了我。她在都市，我在乡村，在许多人眼里，这不啻有天壤之别。有了她，我的生活中的劳累、艰辛，仿佛都容易对付了。像所有在初恋中的青年人一样，我激动、陶醉，常常陷入幸福的遐想……这一切，都是她的那些热情的信给我带来的。而所有的来信，又都是通过这位老邮递员送到我手中的。下乡不过几天我就深深地感觉到，这位送信的老人，对于我是何等重要！每天，我都急切地盼望着，盼望着他的绿色的、瘦小的身影出现在那条被刺槐树荫掩隐的小路上。那心情，就像远航在大洋上的水手盼望着从空蒙的海面上升起飘忽朦胧的海岸，就像跋涉在沙漠里的旅人盼望着从荒寂的黄丘中露出郁郁葱葱的绿洲。每次见到他，我的心总会扑通扑通地跳起来，血也仿佛会流得更快：今天，会有她的信吗？……

　　这一切，这送信的老人想来是不会知道的，他每天要投送成百上千封信呵。他的表情好像有点麻木，密密的皱纹里，似乎流淌着几丝忧悒。然而对我，他却总是特别关注一点，每次把信送到我手里时，他会朝着我友好地点头一笑。日子久了，我觉得他那一笑似乎变得意味深长了。这笑里，有关心，有赞许，也有鼓励，有时他还会笑着轻轻地对我说一句："又来了。"又来了？是她又来了！哦，这老人，仿佛已经知道了我的秘密。或许，在那些右下角印着金色小鸟的相同的信封上，在信封上那娟秀的字迹里，在那个固定不变的寄信人的地址中，他隐约窥见了我的秘密。

　　人与人的了解，真是一件难以捉摸的事情。有些人整天厮混在一起，海阔天空，无所不谈，过后细细一想，却仍然有一层烟雾笼罩着，只能看出一个模糊不清的轮廓。而有些人交流甚少，只是一次偶然的邂逅，只是寥寥几句对话，甚至只是无声的一瞥，留在你心中的印象，却鲜明而又亲切，历久而难忘。这送信的老张头，我和他几乎没有说上过一句囫囵的话，每天，当他把信送到我手中时，我们只是点点头打个招呼，我却感觉到，他是了解我的，包括我内心的秘密。这个善良的老人，他同情我，关心我，也喜欢我那远方的姑娘，把自己的爱情献给一个"插队"在乡下的孤独的知青，他赞赏这种爱情。他的眼神，他的微笑，明确地告诉我这一切。

　　我觉得，在我们无声的交流中，有一种信任，有一种心灵的默契。倘若他问我，我决不会对他有任何隐瞒的，所有的过程，所有的细节，我都愿意向他和盘托出。然而他从不问我。

　　有时几天收不到她的信，我便会着急起来，老张头送信离开时，

人生妙境

我总是一个人呆呆地站在田头，那模样大概很失落很可怜。"不要急。"他用简短的三个字安慰我。有一次，见我太失望，他轻轻地拍了拍我的肩膀，低声说："送你两句诗，怎么样？"我很吃惊，他也懂诗？"两情若是久长时，又岂在朝朝暮暮。"他笑着说出了秦少游的两句词，转身上车，朝我挥了挥手。他的绿色背影消失在远处，他的声音却久久萦绕在我耳边，像一股清凉的泉水，缓缓流进我焦虑的心，使我平静下来。

月有阴晴圆缺，爱情，也总是曲折的。晴朗的天空会突然飘过乌云，平静的水面会随风漾动波澜……因为一些小小的误会，远方的姑娘竟和我赌气了，一连一个多月没有来信。这似乎是一次真正的危机，我陷入极大的苦恼之中。老张头知道我的心思，每天来到田头，他总是凝视我，然后意味深长地点点头。他没有说一句安慰我的话，但从他的表情中，我能感觉到他深切的同情和真挚的关心。他的目光，分明在对我说："要经受住考验。"

就在这时，老张头突然退休了。听人说，他身体不好。这一带的邮递员换上了一个骑摩托车的小伙子。正是初春，连着下了很多天雨，摩托车无法在泥泞的乡间小路上行驶，那小伙子竟然好几天没有来送信。在老张头上班时，从来没有发生过这样的事情。那正是乱哄哄的年头，乡村的邮局大概也没有人管，社员们都骂开了。那天正在田里干活，忽然有人叫起来："老张头！老张头回来了！"我抬头一看，果然，在那条槐荫摇曳的小路上，老张头慢慢地走过来了。他还是穿着那件洗得发了白的绿色制服，肩上背着一个沉甸甸的大邮袋。一个多月不见，他看上去竟老了许多，背脊比先前佝偻得更厉害，头上也似乎添了不少银丝。看着在他脸上那些密密的皱纹里滚动的汗珠，看着那一身沾满泥巴的绿制服，我忽然涌起一股强烈的恻隐之情，这老人，此时该是儿孙绕膝，享受着天伦之乐，可他却在这泥泞的道路上负重奔波……

没有人发号召，在田里干活的人们都不约而同地放下手里的活，走到路边把老张头团团围了起来，亲热地问长问短。人们的热情，显然使老人激动了，他一面分发信件，一面"嘿嘿"地笑着应答，说不出一句话来。

有人问："哎，你不是退休了，今天怎么又来送信了？"

老张头一下子收敛起笑容，脸上有了火气："是退休了。今天去领工资，看到信件都积压在邮局里，那怎么行！一个邮递员，哪能眼睁睁地看着这么多信搁浅在半道上。他们不送，我老头子送！"

说着，他朝我走来，脸上又溢出真诚的微笑。看见他在信堆中挑拣着，我的心不禁怦然跳动……呵，雪白的信封，金色的小鸟，那熟悉的字迹！老张头把一封我日思夜想的信递到我手中，低声说了一句："你看，我知道她会来的。"

真正的爱情，毕竟不是脆弱的，误会涣然冰释了，我的小鸟终于又飞回来了！这信，又是老张头送给我的。就在我捧着信激动不已时，老张头已经步履蹒跚地远去。久久地，我目送着他，只见他那瘦小的背影，在春天彩色的田野里摇晃着，缩小着，终于消失在萌动着万点新绿的远方……

有过这样的经历，我由衷地对邮递员怀着一种真挚的敬意。有时真想拦住在路上见到的任何一位邮递员，大声地对他说："谢谢你！谢谢你们！"离开农村后，我又遇到过几位为我送信的女邮递员，虽然没有什么交流，但她们给我的印象都是踏实而热情的。她们常常使我想起老张头。

此刻，手里捧着当天的报纸，我依然看不下一行。洁白轻柔的雪花，依然在窗外纷纷扬扬地飘舞，而报纸上的雪花早已融化，变成了一颗颗亮晶晶的小水珠，在我的眼前闪烁……我忽然想起杜甫的两句

人生妙境

诗来:"杨花雪落覆白萍,青鸟飞去衔红巾。"青鸟,这是神话中美丽的小鸟,自古以来便被比作传递爱情的信使,受到人们的赞美。人民的邮递员,不也是忠诚、坚韧、值得赞美的青鸟吗!

永远的守灯人

天黑以后,长堤上那盏灯就一闪一闪地亮起来。无论是晴天、阴天还是雨天,它总是像一颗金黄色的星星,沉着、执拗地闪烁在深不见底的天幕上,仿佛在一遍又一遍讲着一个古老神秘的故事……

在白天,谁也不会注意它。它只是稍稍高出护堤林带的一个简陋的小木架,有时候我还觉得它破坏了这一带的自然景色呢。

到长堤上去,绝不是为了看灯塔,而是为了看大江,为了排遣我心中的沉闷。在田野里劳累了一天,也不洗一洗身上和脸上的泥汗,我竟会情不自禁地向长堤走去。

穿过一片由榆树、杨树和刺槐树组成的密密的林带,登上那古城墙一般巍峨的堤岸,广阔的长江入海口就在我眼前浩浩荡荡地铺展开了。看着水和天无穷无尽、自由自在地在辽阔的世界中融为一体,看着渔帆和鸥鸟在水天之间悠然飘行,听着浪拍长堤的有节奏的轰响,心中那些忧郁的影子和狭隘的思绪,就会像轻烟一样消散在清新的空气中。如果没有人伴随你,也没有人从堤上走过,你将陶醉在一种极其旷达幽远的宁静中,你会忘记一切,仿佛全身心都融化在大自然里……

然而当我从沉思中醒来，发现夜幕已经在不知不觉中悄悄逼近时，一阵不可名状的空虚感便会把我包围起来。于是我又感到了孤独和寂寞，情绪常常一落千丈。这时，简直不能在堤岸上多待一分钟。是的，没有什么比孤独和寂寞更难以忍受了。如果让我永远待在这空无一人的江海边，那也是一件可怕的事情。

可我还是忍不住要到堤岸上去。一天傍晚，我坐在堤坡上，面对着被夕阳燃成一片金红色的江水出神，大自然瑰丽变幻的景象使我深深地迷醉了。突然，背后响起一个苍老的声音：

"哎，小伙子，在看什么？"

回过头来，我不由得一惊，堤岸上，大约离我十来米远的地方，站着一个模样丑陋的老人——罗圈腿，驼背，满脸刀痕一般杂乱无章的皱纹中嵌着一对泪汪汪的小眼睛。这幽灵似的老头，不知是从哪里钻出来的！

见我回头，他挤出一个笑脸。连笑容也是丑陋的，使人想起童话中那些心怀鬼胎的奸诈的老巫婆。

"天马上黑了，回去吧。"

他向我扬了扬手，又喊了一声，语气非常温和，像是长辈劝说着孩子。

我坐在这里，碍你什么事了？我觉得他扰乱了我的宁静，心里有些恼火，于是便回过头来，装作没有听见。

他再也没有吱声。但我知道他仍然在注视我，我似乎能感觉到背上定定地有两道柔和的光。

太阳落到大江里去了，天一下子暗下来，深邃的紫蓝色从天上一下子压到了海平面上，水天交界处依然亮得耀眼，宽阔的水面闪动着一片暗红色的微波。不过这是一种垂危的光芒，就像生命临终前的回光返照，使我伤感。

我坐不下去了,站起身往回走。那老头竟还在我身后。他蹲在堤岸上,看着我微笑。这一带乡间,很少有像我这样没事坐在海边看风景的人,尤其是老人。这丑老头也有点怪了。

"我就住在这里。"他仿佛窥见了我的心思,站起来招呼我,"看见那灯了吧,我就守着它。"他指了指在不远处的那个简陋的木架子灯塔,灯塔下有一间黑褐色的小木屋。

我默默地对他点了点头,默默地走下了堤岸。他凝视着我,那对嵌在皱纹里的泪汪汪的小眼睛中,流出了疑惑,也流出了同情,似乎还有几丝焦虑。真是个怪老头。

我没有和他打招呼,走得很远了,才回过头来——夜幕已经笼罩了世界,堤岸上已经什么也看不见,引人注目的只有那盏灯,一闪一闪地亮起来……

以后,每次到江边,总是能见到他,他似乎在暗中监视我,尽管不走上来问什么,却老是在离我不远的地方转来转去。这使我恼火,看风景的兴致全被他破坏了。他想干什么呢?我终于忍不住了,一天,当他在我身后站着的时候,我突然转过身走到他面前大声问道:

"请问,你老盯着我干啥?"

他先是一愣,马上就露出一嘴稀疏的牙齿不自然地笑起来:"哦,没有呀,没有盯你呀。我每天都在这里。"他指了指灯塔下的小木屋,仰起脸很诚恳地说:"小伙子,到我屋里坐一会儿去吧。"

这一来,弄得我十分尴尬。还是离开这里吧。我摇了摇头,向堤下走去。我没有回头看他。

我一连好多天没有上堤岸看江。不知怎么搞的,这位奇怪的守灯人,老是在我的脑子里转,晚上,看着那灯塔一闪一闪的亮光,我就想起了他那流淌着神秘色彩的目光。

再一次登上长堤时,我没有看见他。这是一个宁静而又优美的黄昏，我又像以前一样，沉浸在落霞和晚潮交织成的奇妙风景中……他似乎失踪了，以后几次，我也没有看见他，然而灯塔下那间小木屋门虚掩着，看样子屋主人不会走得很远。我几乎把他忘了，只有在天黑以后，当我从远处看到那一闪一闪的灯塔时，才会想起他来。

我准备回城探亲去。临走前一天，我又登上了堤岸。那是一个阴沉沉的黄昏，灰蒙蒙的浓云压在水面上，一群鸥鸟贴着水面低低地盘旋着，不时发出急促不安的鸣叫，气氛沉闷得令人窒息。我正想回去，突然刮起了大风，风从辽阔的水面上席卷过来，发出撼人心魄的呼啸。微波起伏的水面一下子躁动翻腾起来。骤然而起的惊涛骇浪，如同一大群棕黄色的野马，铺天盖地，争先恐后，蹦跳着，推挤着，蹿跳着，发疯似的向堤岸狂奔过来。它们撞在堤岸上，撞得粉身碎骨，撞出炸雷一般的轰响，水花一溅数丈，一直洒上了高高的堤岸……

这惊心动魄的大自然奇观把我看呆了。在这激动、狂放、雄浑野性的大自然面前，人显得多么渺小，多么微不足道。天上有急雨落下来，我却不想回去，我真想让这汹涌的浪潮冲一冲郁积在心中的忧郁和惆怅。情不自禁地，我慢慢向堤坡下走去……大约在我跨出第四步的时候，背后突然有一双手伸出来，紧紧地抓住我的手有劲地往堤岸上拽。回头一看，又是他，那位守灯的老人！只见他浑身淋得透湿，神情紧张地盯着我，两只手像两把有力的铁钳，把我的手握得生疼。

"小伙子，年纪轻轻，要想开一些！上来吧，回家去吧！你家里的人在等着你呢！"他一口气吐出一连串话来，口气焦急而又诚恳。

他以为我想自杀呢！我一下子恍然大悟了：他仍然一直在暗中盯着我，他怕我投水！看着他鼻眼挤成一堆的紧张焦虑的表情，我忍不住笑起来："啊呀，你想到哪里去了！我只是喜欢一个人安静，喜欢看江水。"

"哦——"他松开了我的手，紧张的表情松弛了，雨水慢慢地顺着他脸上的皱纹往下滚动着。"这就好，这就好。"他点了点头，转过身慢慢向远处的灯塔走去。在灰暗的暮色和呼啸的风雨中，他那佝偻的背影显得异常怪诞……

我呆呆地站着，目送着他的背影，说不上是怎样一种心情，烦恼、好笑、激动、伤感……都不是。不过，有一点是无疑的，我很感动，也有点内疚。他的背影在风雨中消失后，我突然产生了一种强烈的欲望：要找人去讲讲话，听他们讲，也向他们讲讲我自己……

那天晚上，不知为什么，我特地走到村口的石拱桥顶上向远处眺望。在密密的雨帘中，堤岸上那盏灯的光芒显得微弱了，并且时隐时现，像一只在幽暗中不安地眨动着的眼睛。那微弱闪烁的光芒从来也没有这样使我感到亲切……我想，等我从城里回来，我一定要叩响那间小木屋的门，去看看那位奇怪的守灯老人，把我的烦恼告诉他，他一定会理解我的。

一个月后的一天，我又登上堤岸。这次，我并没有坐下来看大江，而是径直向灯塔走去。

小木屋空无一人。一把已经开始生锈的大铁锁，把两扇薄薄的木板门锁得严严实实，两扇小窗也用木条钉了起来，一只灰色的大蜘蛛不慌不忙地在窗框上吐丝织网……这不像有人住着的屋子。他去哪里了呢？

我正站着纳闷，一个穿黑色布袄的中年农民从堤岸下走上来，他用一种好奇的、带着怜悯色彩的目光观察了我一会儿，问道："怎么，你要找看灯驼子？"（哦，他们叫他看灯驼子！）

"是的，我想找他。"

"你还不知道？他死了，死了快一个月了！"

我只觉得脑子里嗡的一声，听觉也变得模糊起来——这怎么能让人相信呢！一个月前，他还曾用一双铁钳般的手拉着我往堤岸上拽，我至今还能感觉到他手中那令人生疼的力量。他怎么会死呢？

见我发蒙的样子，那中年农民叹了口气，又摇了摇头："唉，也真可怜，晚上灯还亮着，第二天不见他人影，进屋一看，人躺在床上，死了。他身边什么人也没有，光杆一条，只能把他埋在堤岸下了。"

堤岸下的树林边上，多出了一个小小的土堆，土堆上已经星星点点地长出了青草……

我说不出一句话，只是默默地站着，听任又热又酸的泪水在眼眶里打转。这个孤独的守灯老人，当死神在他的门口徘徊时，他竟还想着把一个素不相识的年轻人从死神身边拉回来……

没有鲜花可以献给他，在这萧瑟的旷野里，只有青青的小草。我折下几段榆树枝，扎成一个绿色的花环，恭恭敬敬地放到了他的坟头。暮色降临了，在堤岸的那一边，苍茫的水面上，又在重演着一场悲壮而又迷人的日落……哦，愿这落日成为我的花环，天天奉献于他的坟头。

天黑以后，长堤上那盏灯一如既往，又一闪一闪地亮起来。我不想去探究此时是谁把这灯点亮的，我心里的守灯人只有他。凝视着那遥远而又亲切的灯光，我的心里涌出几行诗句来：

> 你死了，
> 你的灯亮着，
> 在茫茫夜海上，
> 我永远看得见你温暖的光芒。

溃散的黑暗

我的眼前闪动着一双乌黑的眼睛。在这双眼睛里,世界是一片无穷无尽的黑暗,然而它们执着地亮着,寻觅着旁人无法体会的光明。

大约是十年前,一次在路上遇见电台文艺部的女记者吴斐,她告诉我,上海盲童学校有一个盲姑娘,叫杜琼,喜欢文学,喜欢朗诵散文和诗歌,很希望得到我的书。这样的要求是不能拒绝的。我把刚出版不久的散文诗集《人生遐思》寄给吴斐,请她把书转交给杜琼。寄走书的时候,我心里在纳闷:一个双目失明的孩子,怎么读书?

不久,就收到了杜琼写给我的一封信。信很厚,是盲文,用针在厚厚的纸上刺出来,必须用手指来读,我当然读不懂。不过,信中附了她父亲的译文。她在信中表达了收到我的书之后的喜悦,并谈了她的读后感。她告诉我:"我朗诵了你书中的很多作品,以后我把录音带送给你。"这是我收到的第一封盲文来信。

她真的给我送来了录音带。那天,她由她的父亲陪着来到我家。如果事先不知道,我真看不出她是个盲人。她有一双乌黑的眼睛,它们很神气地大睁着,仿佛世上所有的光明都在她的视野里。她微笑着,用清脆悦耳的声音大声说话,我的客厅里回荡着她的笑声。她告诉我,她把我的文章读给她的同学们听，同学们也都喜欢，盲童学校的老师鼓励她，把这本书翻译成盲文出版，她准备做这件事。她这么说，我报之一笑。我问她，将来毕业了，准备做什么。她想了想，答道："我很想到广播电台做一个播音员。我看不见，但我能说，我可以把心里想的都告诉别人。我想搞盲人教育，譬如，教盲人学会用电脑，使他们能像明眼人一样面对生活。"她的这些想法使我惊讶，当时，电脑对大多数明眼人来说还是一个神秘莫测的东西，她竟然已经异想天开了。我想，这是她的美好愿望，有愿望，总是好事情。对一个盲人来说，最可怕的，大概就是对生活失去信心。而我眼前的这个盲姑娘，对一切都充满了兴趣。这些兴趣，能不能将她引向理想的光明境地呢？

我听了杜琼朗诵的录音。她的声音柔和甜美，热情洋溢，对散文和诗的意境有独特的感悟，这声音里有一个中学生的天真烂漫，也有一个生活在黑暗中的人对光明的向往和憧憬，而这样的感觉，绝非一般的孩子所能表达。她的朗诵使我感动。

过了半年，杜琼打电话告诉我，我的《人生遐思》已经由盲文出版社出版。这消息使我感到意外，也使我不得不对杜琼刮目相看。不久，我收到了杜琼寄来的书。这是用一本牛皮纸装订成的书，又大又厚，没有任何色彩，除了封面上几个黑字，其余全是用针刺出来的盲文。在我出版的很多书中，这是最厚重的一本，却也是唯一一本我自己无法读懂的书。在书的扉页上，杜琼用针刺了这样一行字："愿您有更多的作品滋润盲孩子的心田。"我把这本书放在我的书架上，看到它就想起她热情洋溢的声音，想起她那双乌黑明亮的眼睛，想起一个盲孩子对我的期望。

有时候，我很自然地会想象她所处的那个黑暗世界。在那个只有声音没有光亮和色彩的世界里，一个盲姑娘如何生活，如何思想？有一次，我问一个生性活泼、无忧无虑的小姑娘，她的年龄和杜琼相仿，和杜琼一样，她也有一双乌黑的大眼睛，不同的是，她的眼睛能从容地观赏世间的一切，她的视野里一片光明。我问她："假如，你的眼睛什么也看不见了，你会怎么样？"她几乎是不假思索地答道："那活着还有什么意思？我宁可死！"她的回答，使我心头一震。我想，杜琼就天天生活在我想象的黑暗世界中，而她活得如此充实。生活和命运，把人和人塑造得那么不同。

杜琼初中毕业了。她比同龄的孩子更早面临着选择职业，选择谋生手段这样的难题。在这样的难题面前，浪漫的幻想只能让位给严峻的现实。"我看不见，只能靠手生活。"杜琼在电话里告诉我，含笑的话语中流露出无奈。她考进了一个医疗推拿班，她要用一双灵巧的手，驱除病人的伤痛。她常常打电话给我，告诉我她的学业进展，有时候还忍不住把老师和病人对她的赞扬告诉我。我为她高兴。我想，她不仅能做一个自食其力的人，也能做一个有益于社会的人。对一个盲人来说，这并不是一个很低的目标。不过我知道，在杜琼的心里，她那些理想并未泯灭，它们还会像火星一样，在她的心里闪烁，只要有机会，这些火星会燃烧成灿烂的火花……

花了三年时间，杜琼以优异成绩从医疗推拿班毕业了。然而她还想继续上学，还想追求她日思夜想的文学和广播。她想报考北京广播学院（今中国传媒大学——编者注），被婉拒，想报考大学的中文系，也被回绝。她还找了广播电台，想去当一个专为残疾人播音的播音员。我也为她去询问了在电台工作的熟人。我想，她应该在这方面创造一个奇迹，让人们一面听着她的声音，一面生出钦佩之情，然后更加珍视生命，更加热爱自己的事业。然而我的想法未免有些天真，在一个以健全的人为主体的社会中，要一个盲人从事这样的工作，有着许多我无法想象的障碍，电台的编辑总不至于为了她把每天要播出的稿件都刺成盲文？结果无须问的，依然是失望。她处处碰壁，原因无他，只因为她是一个盲人，只因为她无法浏览明眼人一目了然的世界。

在电话里，我想不出用什么话安慰她，倒是她安慰我说："没关系的，我可以自学嘛！"在她轻松的语调中，我感觉到的是心酸和沉重。

她做了一个使我吃惊的选择。有一次遇见她父亲，她父亲告诉我，她报名参加了前进业余英语进修学院。学院开始想拒绝她入学，可她发誓能和其他学生学得一样好。于是她交了学费，买了教材，和一群明眼的年轻人一起坐进了教室。一本厚厚的英语教材，五百多页，它一行字也读不出来。怎么办？她花了几个月时间，请父亲帮她读，她自己动手，用针把所有的内容都刺成了盲文。期中考试，她考了九十分，期终考试，她考了九十六分，在班里名列前茅。当她用一口流利的英语和她的同学们对话时，所有人都认为这是奇迹。

四年前的一天，杜琼来电话，告诉我一个令人难以置信的消息：她要去美国留学，她选择的专业是电脑。一个孱弱的中国盲姑娘，如何面对遥远的异域，面对一个更加陌生的世界呢？我无法想象，她将怎样越过横在她面前的种种障碍。这些障碍，就像高山峻岭和大海深壑，需要有坚强的翅膀才能飞越。而且，我怀疑，美国的大学，会不会接纳一个中国的盲人。

美国那所学校专门派一位专家到上海来对杜琼进行了考查，她的能力和知识使那位美国教育专家惊奇。她很顺利地通过了对她的所有考核，成了被那所学校录取的第一位来自中国大陆的盲人学生。就这样，一个盲姑娘，打起背包，告别了父母，告别了她生活了很多年却无法看一眼的城市，孤身一人踏上了艰难的异域之路。她在电话里和我告别时，我嘴里说着祝福的话，心里却在为她捏一把汗。从此以后，谁也帮不了她，一切全得靠她自己了。

她到美国后的故事，大概可以供小说家写一部激动人心的小说。在陌生的土地上，她大睁着她那双乌黑的眼睛，跌跌撞撞地向前走着，没有人能阻止她寻找理想的脚步。她被人歧视过，被人轻视过，也被人误解过，但是一次又一次，她用自己的行动证明，她是一个有骨气有能力的聪慧的中国人，尽管她什么也看不见。她学会了电脑，完成了学业，做成了很多健全的人也未必能做到的事情。她赢得了所有和她接触过的美国人和来自其他国家的人们的钦佩和尊敬。每次和我通电话，我听到的都是快乐而生机勃勃的声音。有一次，她甚至告诉我，她正在设法设计一种供中国盲人使用的电脑软件。"我希望，有一天，国内的盲人也能和我一样，借助电脑，和明眼人一样读书写作。会有这一天的。"她的语调，和很多年前她朗诵我的诗文时一样，甜美柔和，洋溢着热情，只是增添了很多自信。这时，我丝毫也不怀疑，她的设想，迟早会变成现实。

以常人眼光来看，这位盲姑娘确实是奇迹的创造者。我常常想，她想要向世人证明的，到底是什么？是一个盲人的能力到底有多大，是我们这个由健全的人为主体的世界对残疾人究竟有多少宽容和爱心，还是其他什么？杜琼大概不会想得这么多，她只想证明自己的价值，只想和常人一样，为这个世界增添光亮。对一个双目失明的姑娘来说，这是多么可贵。有些人，生着明亮的眼睛，却仿佛被黑暗包裹着，在窄小的圈子里举步不前。而在这个盲姑娘面前，无边的黑暗却无可奈何地溃散了。杜琼的经历，为人们做出了一个榜样：只要努力，这个世界上没有办不到的事情，对健全的人们如此，对残疾人也一样。

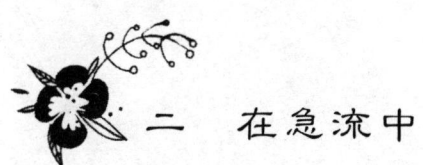 二　在急流中

冰霜花

一

你从南国来信,要我描绘北方寒冷的景象,这使我为难了。在地图上,我们这个城市是在中国的南北之间,冬天,远不如东北寒冷,比起你们花城,自然冷多了,凛冽的北风,也能刺人骨髓。然而很难告诉你,什么是这里冬天的特征。你想象中的冰天雪地,这里没有。对了,有一个很有趣的现象,值得向你描绘一下。

早晨醒来,我的窗上总是结满了晶莹的冰霜。这是一些奇妙的花儿,大大小小,姿态各异:有六个瓣的,像一朵被放大了的雪花;有不规则的,无数长长短短呈辐射状的花瓣布满了玻璃窗格。仿佛有一个身怀绝技的雕刻大师,每天晚上,都在窗上精心雕刻出新鲜的花样,使我一睁开眼睛,就得到一种美的享受,就感受到大自然和生活的多姿多彩……

大自然的创造,是人工所无法模拟的。窗上的这些冰霜花,实在是一个奇迹,每天出现,却绝不重复,千奇百怪,翻不尽的花样。看着它们，我总是感到自己的想象力太贫乏。它们似乎像世上所有的花儿，又似乎全都不像，于是，我想到了天女的花篮，想到了海底的水晶宫……如果是画家，他一定会从这些晶莹而又变化无穷的花纹中得到许多灵感和启示的。而我却只有惊叹，只有一些飘忽迷离的想入非非。我觉得它们是一朵朵有生命的花，是一首首无比精妙的诗……

二

太阳出来后，窗上的冰霜花便会渐渐融化，使窗户变得一片模糊，再也没有什么动人之处了。所以我有时竟希望太阳稍稍迟一些出来，能使这些晶莹的花多保留一些时候，让我多看几眼，多驰骋一会儿想象。

这些美妙的小花，只和寒冷做伴。我刚才说的那个雕刻大师，就是它——寒冷，呼啸的北风是它的雕刻刀。在人们诅咒着严寒的时候，它却悄悄地、不动声色地完成了它的举世无双的杰作。大概很少有人看见过冰霜花开放的过程，这也许可以算一个秘密，只有风儿知道，只有水珠儿知道。当那些游荡在温暖的屋子里的水汽，在窗上凝结成小水珠时，窗外的寒流，便赶来开始了它的雕刻。对小水珠儿来说，这种雕刻，可能是一场痛苦的煎熬，是一次生死的搏斗——柔弱而纯洁的小生命，面对强大的寒流，顽强地坚守着自己的营地，勇敢地抗争着。寒流终于无法消灭这些颤动的小生命，只是使它们凝固在玻璃上，成了一朵朵亮晶晶的花。

能不能说，冰霜花，是一场搏斗的速写，是一群弱小生命的美丽庄严的宣言呢？你可能会笑我牵强附会。但我从这些开放在严寒之中的小花儿身上，悟出了一个道理：美，常常是在艰难和搏斗中形成的。

冰霜花

三

是的,严寒为世界带来了灾难,却也造就了美。假如你看到被雪花覆盖的洁净辽阔的田野,看到北方人用巨大的冰块镂刻出的千姿百态的冰雕冰灯,你一定会惊喜得说不出话来。而冰霜花,似乎是把严寒所创造的美全部凝集在它们那沉静而又精致的形象之中了。面对着它们,你也许再也不会诅咒寒冷。看着窗上的冰霜花,我也曾经想起南国的那些花,那些在炎阳和热风中优雅而又坦然地绽开的奇葩:凤凰花、茉莉花、白兰花、美人蕉、米兰……以及许多我从未曾有机会见识的南国花卉。在难耐的酷暑中,它们微笑着,轻轻地吐出清幽的芳馨。我想,它们,和这里的冰霜花似乎有着共同的性格,一个在严寒中形成,一个在高温下吐苞,都曾经历了艰难、痛苦和搏斗,却一样美丽,一样使人赏心悦目。无论在北方,还是在南方,我们的周围,总是有一些美好的东西,在默默地生长着,不管世界对它们多么严酷。也许,正是因为形成在严酷之中,这些美,才不平庸,不俗气,才会有非同一般的魅力。

四

你看,我扯得远了。还是回到我要向你描绘的冰霜花上来吧。

然而遗憾得很,暖洋洋的阳光已经流进了我的屋子。窗上的冰霜花,早已融化了,像一行行泪水,在玻璃上无声无息地流淌,仿佛是因为失去了它们的美而悲哀地哭泣着。不错,冰霜花,毕竟不能算真正的花,看着玻璃窗上那一片朦胧的水雾,我心中不禁有几分怅然。不过,到明天清晨,它们一定又会悄悄开放在我的窗上,向我展现它们那全新的容颜。

人生妙境

天　香

中国人很早就对桂花有特殊的喜爱，很多动人的神话和美丽的人物都和桂花有联系。

我对桂花最初的认识并不是它们的姿态，而是它们的清香。小时候爱吃老城隍庙里买的一种桂花糖，喜欢那股特别的香味。于是知道桂花是一种可以吃的香花，而且味道极美。后来又吃过桂花糕、桂花饼，更加深了这种印象。至于桂花是何等模样，我一直不知道。听老人说，月亮上有一棵桂花树，陪伴着寂寞的嫦娥，在月圆之夜，我曾经对着夜空横看竖看，望酸了脖子，也未能在月亮那一堆模糊不清的阴影中辨认出什么树来。现在想起来，实在是城里的孩子太可怜，水泥和砖石隔绝了他们和大自然的交往。不要说桂花，其他树木和花草，我又识得几种呢？我幼时爱诵读唐诗宋词，也曾想借古人的诗来识桂花，但使我奇怪的是，喜欢咏花的诗人们似乎偏爱其他花，如桃、李、兰、菊、梅、荷以及牡丹，写桂花的却不多。刘禹锡有："莫羡三春桃与李，桂花成实向秋荣"；苏东坡也写过桂花："江云漠漠桂花湿"；李清照对桂花评价最高："何须浅碧深红色，自是花中第一流。"而使我一读便记住不忘的，是宋之问的两句诗："桂子月中落，天香云外飘。"然而读这些诗时,我无法在其中想象出桂花的模样。于是我曾以自己幼稚的想象力描绘过这种又香又好吃的花,描绘出来的形象,居然和向日葵差不多。原因大概有二:一是对向日葵的长相很熟,而且知道桂花和向日葵一样也是金黄色;二是因为向日葵也能吃。这种滑稽的联想至今仍使我失笑。

第一次见到桂花是在上小学的时候,那一年学校组织秋游,去坐落在市郊的桂林公园。事先并不知道那里有桂花,走到公园门口时,突然闻到了飘在风中的淡淡的桂花香,不禁兴奋得手舞足蹈。进公园后,心急火燎地想一睹桂花真容,却怎么也找不到花的踪影。经人指点后,才发现了那些隐匿在绿叶下的星星点点的青黄色小花。当时是初秋,桂花刚刚开始吐蕾,那些虬结在细枝干上的米粒般的小花骨朵,不留心看实在发现不了。我感到惊讶,如此不起眼的小花,怎么竟能把整个世界都弄得一片清香?

诗人们不喜咏桂花的疑问,似乎是有了答案——桂花,实在是貌不出众,若以长相论,在百花之中它们恐怕可算丑小鸭了。然而这答案不久便又被我新的发现所推翻。那年中秋,跟着大人又去了一趟桂林公园,景象和头一次去时全然不同了,那一丛一丛的桂树中,很显眼地溢出了一抹抹柔和的金黄,这是盛开的桂花。单朵的桂花固然很微小,当成千上万朵桂花成团成簇地一起开,也就很有一些气势了。秋风掠动树丛时,树上的桂花便纷纷扬扬地往下落,像无数金黄色的小蜜蜂,慢悠悠地飞到地面上。地上已是金黄一片,只要随意一扫,就能将落花大把大把捧起来。这满园满树满地不计其数的桂花,各自将一份幽香吐入空中,空气似乎也变稠了,就像有无形无色的桂花酒,在秋风中缓缓地、静静地流动,使人置身其中心神皆醉。

桂花留给我的印象极为美妙。我想,桂花是不耐孤独的,这是一个喜欢热闹的花的大家庭,它们以清香唤取人们的注意,也以辉煌的金色吸引人们的目光。当然，还有那些芬芳可口的桂花糖、桂花糕……

　　许多年以后，我在一座野山中遇见一棵古老的桂树，使我对桂花又有了新的认识。那是在闽西北的自然保护区，有一天傍晚独自在山中散步，只顾看着远处的山色，想着自己的心事，不知怎么便迷了路。这时，突然下起了小雨，天色一下子变得灰暗昏浊，周围的草丛和树林霎时间阴森可怕起来，山风在林木岩石间迂回呼啸，从远处的树上传来凄厉的鸟鸣，不知名的山雀扇动着黑色翅膀急匆匆掠过头顶，一切都像是不祥之兆。我有些着慌了，这山中不仅有野兽，还有可怕的五步蛇，在这时迷路，后果不堪设想。在树丛中转了几圈，没有找到归途，于是愈加惶然。就在这时，风中飘来了一阵桂花的清香，这清香极幽极淡，若有若无，如薄暮中一缕时隐时现的轻烟。起初我还怀疑自己的嗅觉，夏天刚过，桂花飘香的时令还未到，哪里来的桂花？然而那淡淡的幽香却越来越清晰了。我拼命呼吸着，唯恐那清香又突然消失。说来奇怪，那幽淡的清香竟像镇静剂一样，驱散了我的慌乱。在飘忽的清香中，我的眼前仿佛出现无数金黄色的小精灵，它们飞舞着在我前面引路。金黄色的小精灵们越来越密集，越来越活泼，我似乎伸手便能从空气中抓下几把来……终于，我在一棵高大的桂树前站定了。

　　这是一棵我从未见过的巨桂，树干一人无法合抱，鳞状的树皮暗示着它的高龄。树冠覆盖数丈，如一把撑开的绿色巨伞，举头仰望，浓密的树叶间依稀有星星点点的小花开放，因为太高，看不真切。曾听人说，这山中有千年古桂，植于宋代，眼前这株巨桂想必就是宋桂无疑。这宋桂看起来并无老态，挺拔的枝干和茂密的绿叶每一处都透溢出年轻的生机，而那些不露声色吐着清香的小花，更显示着生命的万般美妙，清幽的芬芳在这荒凉的野山上形成一种宁静优美的氛围。

如果说孤独，这株宋桂大概可算是一个孤独者了，这里没有它们家族的其他任何成员陪伴它，一千多年来，它就这样孤零零兀守在这片荒山野地，其间有多少风暴雷雹，有多少山洪淫雨，谁也无法知道。然而它顽强地活了下来，从一枝幼苗长成了一棵大树。一千多年来，人世和自然历经沧桑，而它却一如既往，年年在秋风中开出一树金花，年年用自己清幽的香气营造出一片宁静优美的氛围。没有任何力量能够改变它的追求和向往。

面对着这棵古老的桂树，我忘却了自己是个迷路者，它的风采深深地把我吸引。我的感觉仿佛是在这里和一位睿智的老哲人邂逅，他沉默无言，却以那淡雅的清香告诉我许多哲理。我完全平静下来，方才那阵小小的迷乱似乎已是极遥远的往事。告别那棵宋桂后，没有费多少事我便找到了下山回去的路。尽管此时天已近黑，雨也依然淅淅沥沥不断，而桂花的清香，一直追随我到山中的小客栈。在客栈的灯光下，我发现自己的肩头落有几朵桂花，那形状和从前见到的桂花无异。这时，涌上心头的是宋之问的诗："桂子月中落，天香云外飘。"

很自然地又想到了月亮上有桂树的传说。第一个编这个故事的人，大概也曾在荒凉的迷途上遇见过一棵孤寂而又美丽的桂树，也曾在那淡雅的清香中克服了惊惶和怯懦，否则，他为什么偏偏要把一棵桂树种到寂寞凄凉的月宫中去呢？

人生妙境

假如你想做一株蜡梅

　　果然，你喜欢那几株蜡梅了，我的来自南方的朋友。

　　你的钦羡的目光久久停留在我的书桌上，停留在那几株刚刚开始吐苞的蜡梅上。你在惊异：那些看上去瘦削干枯的枝头，何以竟结满密匝匝的花骨朵儿？那些看上去透明的、娇弱无力的淡黄色小花，何以竟吐出如此高雅的清香？那清香不是静止的，它无声无息地在飞，在飘，在流动，像是有一位神奇的诗人，正幽幽地吟哦着一首无形无韵然而无比优美的诗。蜡梅的清香弥漫在屋子里，使我小小的天地充满了春的气息，尽管窗外还是寒风呼啸、滴水成冰。我们都深深地陶醉在蜡梅的风韵和幽香之中。

　　你久久凝视着蜡梅，突然扑哧一声笑起来。

　　"假如下辈子要变成一种植物的话，我想做一株蜡梅。你呢？"

　　你说着笑着就走了，却留给我一阵好想。假如，你真的变成一株蜡梅，那会怎么样呢？我默默地凝视着书桌上那几株蜡梅，它们仿佛也在默默地看我。如果那流动的清香是它们的语言的话，那它们也许是在回答我了。

　　好，让我试着来翻译它们的语言，你听着——

假如你想做一株蜡梅，假如你乐意成为我们家属中的一员，那么你必须坚忍，必须顽强，必须敢于用赤裸裸的躯体去抗衡暴风雪。你能吗？

当北风在空旷寂寥的大地上呼啸肆虐，冰雪冷酷无情地封冻了一切扎根于泥土的植物，当无数生命用消极的冬眠躲避严寒的时候，你却应该清醒着，应该毫不畏惧地伸展出光秃秃的枝干，并且要把毕生的心血都凝聚在这些光秃秃的枝干上，凝结成无数个小小的蓓蕾，一任寒风把它们摇撼，一任严霜把它们包裹，一任飞雪把它们覆盖……没有一星半瓣绿叶为你遮挡风寒！你能忍受这种煎熬吗？也许，任何欢乐和美都源自痛苦，都经历了殊死的拼搏，但是世人未必都懂得这个道理。

假如你想做一株蜡梅，你必须具备牺牲精神，必须毫无怨言地奉献出你的心血和生命的结晶。你能吗？

当你历尽千辛万苦，终于迎着风雪开放出你的小小的花朵，你一定无比珍惜这些美丽的生命之花。然而灾祸常常因此而来。为了在万物肃杀时你的一枝独秀的花朵，为了你的预报春天信息的清香，人们的刀斧和钢剪将会无情地落到你的身上。你能承受这种牺牲吗？也许，当你带着刀剪的创痕进入人类的厅堂，在一只雪白的瓷瓶或者一只透明的玻璃瓶里默默完成你生命的最后乐章时，你会生出无穷的哀怨，尽管有许多人微笑着欣赏你，发出一声又一声由衷的赞叹。如果人们告诉你：奉献和给予是一种莫大的幸福，你是不是同意呢？

假如你想做一株蜡梅，你必须忍受寂寞，必须习惯于长久地被人们淡忘冷落。你能吗？

请记住，在你的一生中，只有结蕾开花的那些日子你才被世界注目。即便是花儿盛开之时，你也是孤零零的，没有别的什么花卉愿意和你一起开放，甚至没有一簇绿叶陪伴你。"好花须得绿叶扶"，这样的格言与你毫不相干。当冰雪消融，当温暖的春风吹绿了世界，当万紫千红的花朵被水灵灵的绿叶扶衬着竞相开放，你的花儿早已谢落殆尽。这时候，人们便忘记了你。春之圆舞曲是不会为你奏响的。

假如你问我：那么，我们何必要开花呢？

我要这样回答你：你们开花，绝不是为了炫耀，也不是为了献媚，只是为了向世界展现你们的风骨和气节，展现你们对生命意义的理解。当然，你们的傲骨里也蕴藏着温柔的谦逊，你们的沉默中也饱含着浓烈的热情。这一切，人们未必理解。你呢？

我把做一株蜡梅的幸与不幸、欢乐与痛苦都告诉你了。现在，请你告诉我，你，还想不想做一株蜡梅？

哦，我的南方的朋友，我把蜡梅向我透露的一切，都写在这里了。当你在和煦的暖风里读着它们，不知道你还会不会以留恋的心情，想起我书桌上那几株蜡梅。此刻，北风正在敲打着我的窗户，而我的那几株蜡梅，依然在那里默默地绽蕾，默默地吐着清幽的芬芳……

印象·幻影

　　早晨的阳光，从树荫中流射到窗帘上，光点斑驳，如无数眼睛，活泼、闪动，充满窥探的好奇，从四面八方飞落在我的眼前。我想凝视它们，它们却瞬间便模糊，黯淡，失去了踪影。我感觉晕眩，欲昏昏睡去，它们又瞬间出现，在原来亮过的飘动的窗帘上，精灵般重聚，用和先前不同的形态，忽明忽暗。活泼的年轻的眼睛，突然变成了老年人垂暮的目光，心怀叵测，怀疑着，惊惶着，犹疑着，无法使我正视。

　　你们是谁？

　　我睁大眼睛，视野里一片斑斓天光。那些不确定的光点不见了，光线变得散漫漂浮，仿佛可以将一切融化。眼睛们，已经隐匿其中，一定仍在窥探着，兴致勃勃，然而我已看不到。只见窗帘在风中飘动，如白色瀑布，从幽冥的云间垂挂下来，安静，徐缓，优雅。这是遥远的景象，与我间隔着万水千山。闭上眼睛，天光从我耳畔掠过，无数光箭擦着我的脸颊、我的鬓发、我的每根汗毛，飞向我身后。来不及回头看它们，我知道，远方那道瀑布，正在逼近，雪光飞溅，水声轰鸣，我即将变成一粒水珠，一缕云气，融入那迎面而来的大瀑布。

人生妙境

据说,梦境有彩色的,也有黑白的。有的人,永远做黑白的梦。我很多次在梦醒后回忆自己的梦是否有颜色,有时一片混沌,色彩难辨,有时却很清晰地想起梦中所见的色彩。

曾经梦见海,应该是深沉的蔚蓝,却只见黑白,海浪翻涌,一浪高过一浪,浓黑如墨,浪尖上水花晶莹耀眼,是雪亮的白色。在浪涛的轰鸣声中忽然听见尖利的鸟鸣,却无法见到鸟的身影。自己仿佛是那黑色浪涛中的一分子,黑头黑脸地上上下下,在水底时昏黑一片,升到浪峰时又变成晶莹的雪白。我留恋那光明的白色,却只能在一个瞬间维持它的存在,还没容我喘息,复又进入那无穷无尽的黑。而鸟鸣总在持续,时远时近,时而如欢乐的歌唱,时而像悲伤的叹息,有时又像一个音域极宽的女声,优美而深情。那声音如天上的光芒,照亮了黑色的海,浪尖上那些晶莹耀眼的雪花,就是这歌声的反照。我在这黑白交错中转动着翻腾着,虽然昏眩,有一个念头却愈加强烈:

那只鸣唱的鸟呢?它在哪里?它长得什么模样?

我追随着那神秘的声音,睁大了眼睛寻找它。在一片浓重的黑暗消失时,婉转不绝的鸟鸣突然也消失,世界静穆,变成一片灰色。灰色是黑白的交融,海水似乎变成了空气,在宇宙中蒸发,消散,升腾。我难道也会随之飞翔?鸟鸣突然又出现,是一阵急促的呼叫。海浪重新把我包裹,冰凉而炽热。这时,我看见了那只鸟。那是一点血红,由远而近,由小而大,漾动在黑白之间。我仰望着它,竟然和它俯瞰的目光相遇,那是红宝石般的目光。

它是彩色的。

为什么,我不喜欢戴帽子?哪怕寒风呼啸,冰天雪地,我也不戴帽子,与其被一顶帽子箍紧脑门,我宁愿让凛冽的风吹乱头发。彩色的帽子,形形色色的帽子,如绽开在人海中的花,不安地漂浮,晃动,它们连接着什么样的枝叶，它们为何而开？

童年时一次帽子店里的经历，竟然记了一辈子。

那时父亲还年轻，有时会带我逛街。一次走进一家帽子店，父亲在选购帽子，我却被商店橱窗里的景象吸引。橱窗里，大大小小的帽子，戴在一些模特脑袋上。模特的表情清一色，淡漠、呆板，眉眼间浮泛出虚假的微笑。有一个戴着黑色呢帽的脑袋，似乎与众不同，帽子下是一张怪异的脸，男女莫辨，一大一小两只不对称的黑色眼睛，目光有些逼人，嘴唇上翘的嘴微张着，好像要开口说话。我走到哪里，他好像都追着我盯着我。我走到他面前，他以不变的表情凝视我，似在问：喜欢我的帽子吗？黑色的呢帽，是一团乌云，凝固在那张心怀叵测的脸上。假的脸，为什么像真的一样丑陋？

几天后的一个深夜，我竟然在梦中和那个脑袋重逢。我从外面回家，家门却打不开，身后传来一声干咳。回头一看，不禁毛骨悚然：帽子店里见过的那个脑袋，就在不远处的地下待着，戴着那顶黑色呢帽，睁着一大一小的眼睛，诡异地朝我微笑。他和我对峙了片刻，突然跳起来，像一只篮球，蹦跳着滚过来。我拼命撞开家门，家里一片漆黑，本来小小的屋子，变得无比幽深。我拼命喊，喉咙里却发不出声音，拼命跑，脚底却像注了铅，沉重得无法迈动一步。而身后，传来扑通扑通的声音，是那个脑袋正跳着向我逼近……

这是个没有结局的梦。在那个脑袋追上我之前，我已被惊醒。睁开眼睛，只见父亲正站在床前，温和慈祥地俯视我。

沉默的泥土，潜藏着童心的秘密。

我埋下的那粒小小的牵牛花种子，正在泥土下悄悄发生变化。每天早晨，浇水，然后观察。沉默的泥土，湿润的泥土，庄严的泥土，虽然只是在一个红陶花盆里，在我眼里，这就是田地，就是原野，就是大自然。种子发芽，如蝴蝶咬破茧蛹，也像小鸟啄破蛋壳，两瓣晶莹透明的幼芽从泥土的缝隙里钻出来，迎风颤动，像两只摇动的小手，也像一对翅膀，招展欲飞。我分明听见了细嫩而惊喜的欢呼，犹如新生婴儿在快乐啼哭。那孕育哺养拱托了它们的泥土，就是温暖的母腹。

幼苗天天有变化。两瓣嫩叶长大的同时，又有新的幼芽在它们之间诞生，先是芝麻大一点，一两天后就长成绿色的手掌和翅膀。有时，我甚至可以看见那些柔软的细茎迎风而长，不断向上攀升。它们向往天空。我为它们搭起支架，用一根细细的棉纱绳，连接花盆和天棚。这根纱绳，成为阶梯，和枝叶藤蔓合而为一，缠绕着升向天空。一粒小小的种子，竟然萌生繁衍成一片绿荫……

如果种子的梦想是天空，那么，目标很遥远。它们开过花，像一支支粉红色的喇叭，对着天空开放。花开时，那些小喇叭在风中摇曳，吹奏着无声的音乐。我听见过它们的音乐，那是生灵的欢悦，也是因遗憾而生的哀叹。

凄美的是秋风中的衰亡。绿叶萎黄了，干枯了，一片片被风打落，在空中飘旋如蝴蝶。没有任何力量可以阻止这衰落。

我发现了它们传种接代的秘密。在花朵脱落的地方，结出小小的果实，果实由丰润而干瘪，最后枯黄。这是它们的籽囊。一个有阳光的中午，我听见啪的一声，极轻微的声音，是籽囊在阳光下爆裂，黑色的种子，无声地散落在泥土里……

生命成长、消亡、轮回的过程，是天地间最平凡最奇妙的事件。

假如没有那道光束，世界在我的印象中就是幽暗和纯净。曾躺在一间没有窗户的房间里，周围的空间，似乎无穷无尽，没有边际，世界就在这幽暗中延伸，一直延伸到我难以想象的遥远。睁开眼睛和闭上眼睛，感觉是一样的。我的身心，也是一片无形的幽暗，静静地飘荡融合在这辽阔无边的空间中。

在昏黑之中，可以自由地大口呼吸，感觉并不闭塞。吸进来的空气，似有旷野的清新，草的气息，树叶的味道，人群奔跑时扬起的尘埃……然而这只是想象。我无法看见空气，也许永远看不见。

这时，突然出现一道光，从屋顶的某个部位射入，如一柄神奇的宝剑，飒然劈下。那是墙上一个小小的洞孔，在天上运行的太阳此刻恰好直对着它，阳光便直射进来。幽暗中的这道光，成为连接了屋顶和地面一座桥，它的长度，标出了屋子的高，也映照出相隔不远的四壁，实在是低矮狭窄的一个小小空间。想象中的阔大顿时消失。光柱竟然并不虚空，如同一根透明雪亮的水晶柱，无数浮游物在里面飘动，如烟雾萦绕。这是屋子里的灰尘。想象中的纯净也荡然无存。

光柱消失后，屋里又恢复了幽暗。然而，那个阔大纯净的空间再也不会回来。哪怕闭上眼睛，也能感到，墙壁，天花板，从四面八方向我压过来，灰尘在我周围飘浮……

沿着长长的一堵高墙，走。墙迎面而来。往前看，是无尽的墙，往上看，不见天，和墙相连的，也是类似墙的实体。无法确定是在屋里还是在屋外。沿墙走，找门。

这墙上竟无门，不知走了多久，除了墙，还是墙。然而还是得走，不相信这世界的所有，就是灰色水泥和砖石的垒积。

终于看见了一扇门，狭窄而矮小，粗糙如铅，推门，却不觉沉重，未用力，门已自动开启。低头，侧身，进入。墙原来很薄，如纸。

门在背后关阖，轰然有声。那是发生在厚墙和大门之间沉闷的响声。

因不知是在墙里还是墙外，进门，仍无法判断我是进入还是走出。眼前还是墙，只是有了不规则的四壁，四壁之上，却犹如夜空，有群星闪烁，星光背后，无穷的幽暗。

还有更大的不同：墙上，到处是门。方的门，圆的门，古老的门，现代的门，中式的木门，西洋的铁门，形形色色，看得我眼花。我必须选择一扇门进入。门里，或者是更封闭的世界，或者是自由。

一扇暗红色的门，门楣上雕刻着古老的符号，马车，武士，云纹，龙，门上有铜环，衔于奇兽之口。奇兽面目狰狞，怒目圆睁，龇牙咧嘴，似在问：你敢进来吗？

一扇金黄色的门，门上镶嵌着五彩的宝石，光芒如刀剑四射，让人难以直视。门上有把手，光洁莹亮，看得出，有无数手曾经抚摸转动过它。

一扇石门，粗看似无，仔细看，才发现细小紧密的门缝。想透过门缝窥探门外，有陈腐的冷气嗖嗖扑面。

发现了一扇木门，小而简朴，由几块木板拼合而成，像我当年在乡下常见的农家屋门。伸手抚摸那门，摸到了木板上天然的花纹，这是树的年轮，是生命成长的履痕。我抚摸着木门上的花纹，眼前仿佛出现了活生生的树，青枝交错，绿叶婆娑，花朵在枝叶间绽放，鸟翅美妙地掠过……

我用力推开那木门，门外的景象，竟然完全如同我的幻想。门外是树林，是自由的天籁。我大步走出去，轻盈如风。回头看，墙和门竟已无迹可寻，只有绿树蔓延。抬头看，天光正从枝叶间灿烂射入。

最后的微笑

　　每一棵树都有一部不平凡的历史。有时候,当一棵盘根错节、绿冠如云的老树出现在我面前,我会站在它的浓荫下,凝视着树身上那些斑斑驳驳的疤痕,痴痴地想上半天。它们也曾经是一株株纤弱的幼苗,那当然是很久很久以前的事情了,几十年,甚至几百年。当初和它们一起出土的幼苗们,绝大部分都早已变成了泥土,变成了飞灰,而它们却活了下来,将根深深地扎进了泥土,把绿冠高高地展开在天空,长成了顶天立地的大树。它们所经历的煎熬和灾难人类是无法全部想象的——狂风、暴雨、霹雳、冰雪、洪水、天火,猛兽的牙、蹄,人类的刀、斧……也许正是因为这些原因,老树的形象总是威武不屈的,尽管有扭曲的虬枝,尽管有创痕累累的树干,却绝无萎蔫朽败之态,那叶瓣的青绿和年轻的树们一样溢出生机,而那粗壮斑驳的枝干,更是力量和生命的雕塑,人类的雕刻刀是不可能雕出它们来的。这些屹立于大地和山冈的老树,是同类中的强者,是和命运、环境搏斗抗争的胜利者。它们之所以成为风景中必不可少的台柱,成为人类景仰的对象,实在是自然而又必然的了。

　　是呵,每一棵老树都会有一部惊心动魄的曲折历史,仅仅凭借着人们的画笔和文字，恐怕无力描绘这些历史。谁见识过漫长岁月中的那些风雨雷电呢？

在太湖畔，在一座树木葱郁的深山里，我听说过一棵古柏的故事。据说吴王夫差路过那里的时候，那棵柏树就在山中了。它蓬蓬勃勃地绿了两千多年，默默无闻地活了两千多年，谁也不去注意它。有一天，一道雷电击中了它，烈火无情地焚烧着它那苍劲的枝干和墨绿的树冠。烈火熄灭之后，这棵古柏便不复存在了，人们只能在袅袅的烟缕中依稀回想起它昔日的雄姿。粗壮的树干被烧得只剩下几片薄薄的树皮，像几把锈迹斑斑的蚀残的古剑，茕茕孑立着。想不到，一年以后，在这几片化石一般的树皮上，竟然又爆出了青嫩的叶瓣。这奇迹使人们惊呆了。这简直就像一位死去多时的老人突然在一个早晨又睁开了眼睛！可是依然没有人想到去保护它。于是又有一天，一辆手扶拖拉机横冲直撞开进山里来了。这手扶拖拉机在当时还是稀罕物，山里人以惊奇的目光追随着它。而拖拉机手得意得就像是一位山神爷，仿佛整座大山，整个世界都比不上他那台会叫会冒烟会一颠一跳奔驰的拖拉机。经过古柏残桩的时候，拖拉机突然一歪，迎着那几片茕茕孑立的树皮冲去。树皮折断了，转动的胶轮在它们身上碾着，如同势不可挡的铁骑无情地践踏着被征服者的尸体……古柏似乎是彻底消失了，人们也几乎是彻底忘记了它。山里多木柴，山里人对那几片老朽的树皮毫无兴趣，它们支离破碎地卧倒在泥土中，唯有让岁月的风雨把它们消化成新的泥土了。然而奇迹依然没有结束，风风雨雨又一年之后，那些卧倒的树皮上，星星点点地又萌出了新绿。哦，这活了两千多年的生命，这历尽千难万苦的生命，它不肯轻易死去，它要用自己的最后一息余温，向世界昭示生命的坚忍和顽强。山里的人们终于发现了这奇迹，并且悔恨起来。可是悔恨已经晚了，要这些奄奄一息的树皮再重新长成一株参天大树，那只能是梦中的情景。

我去看那几片奇异的老树皮时，心情是极其复杂的，除了浓浓的遗憾，除了隐隐的愤懑，还有由衷的崇敬。我凝视着它们苍老残缺的容颜，凝视着那些从树皮裂缝中一丝丝、一点点、一簇簇钻出来的绿芽，默然伫立了很久。山风旋起的时候，起伏的林涛在幽谷中汇合成一阵阵美妙的无词合唱，山中大大小小的树木都在为它们中间的一位可敬的长者歌唱，它们深情而又忧伤地唱着……在深沉的林涛中，我觉得躺在泥土中的老树皮正在微笑，这是千年古柏留给世界的最后的微笑，这是动心夺魄、发人深省的微笑。谁能说出这最后的微笑能延续多久呢，谁能断言这一丝丝、一点点、一簇簇的绿芽再不能长成一棵大树甚至一片绿林呢！

　　然而不管怎么样，用一个顽强动人的微笑作为一个生命、一部历史的终结，这是可以引以自慰的。

人生妙境

在急流中

　　贝江，从迷蒙的深山中流出来。湍急的流水，在曲折的河道中卷着浪花，打着旋涡，一路鸣响着奔向远方。

　　轮船顺流而下，江水拍击船舷，溅起一排排水花。我站在船头，以悠闲的心情欣赏周围的风景，江两岸是绿荫蓊翳的青山，山坡上覆盖着翠竹和杉树，还有杜鹃。我想，若是在春天，漫山遍野的杜鹃盛开时，一定会美得惊人。

　　我向前方望去，只觉得眼帘中一亮。急流汹涌的江面上，远远地出现了一只小筏子，就像一只灵巧的小蜻蜓，落在水里拼命挣扎着逆流而上。划竹筏的好像是一个女人，因为远，看不清她的面容，只见她双手不停地划桨，驾驭着筏子，灵巧地避开浅滩和礁石，在湍急多变的江水中曲折前行。她的身后背着一个红色的包裹，远远看去，像一朵随波漂流的红杜鹃。

　　很快，小筏子就到了大船的跟前。划竹筏的，竟是一个年轻的少妇，她的神色安详，平静的目光注视着前方。她身后的红包裹，原来是一个襁褓，她是背着自己的孩子在江上赶路。我向她挥手，她朝我微笑了一下,脸上泛起一片红晕,马上又将目光投向江面,双手奋力划桨,继续在急流中探寻安全的通道。我发现,襁褓中的孩子将脑袋靠在母亲的肩膀上,正在酣睡,筏子上的颠簸和江上的惊险,他居然一无所知。

小筏子和大船擦肩而过,我们的相逢只在一个瞬间。在这个瞬间里,我感到惭愧。我,一个游山玩水者,悠闲地站在平稳的大船上欣赏风景,而她,一个背负儿女的母亲,却驾着小小的筏子在急流中搏斗。

回头看,那小筏子很快便消失在远方,只有那簇耀眼的红色,在水烟迷蒙的江面上一闪一闪,像一簇不熄的火苗……

在贝江上见到的这一幕,我很难忘记。急流中那位驾筏少妇安详的神态,坚定的眼神,奋力划桨的动作,还有她那在襁褓中安睡的孩子,这一切,组合成一幅感人的图画,留存在我的记忆中,再也不会消失。在城市人声喧嚣的天地里,有几个人能像她那样勇敢沉着地面对生活的急流呢?

蝈 蝈

窗台上挂起一只拳头大小的竹笼子。一只翠绿色的蝈蝈在笼子里不安地爬动着,两根又细又长的触须不时从竹笼的小圆孔里伸出来,可怜巴巴地摇晃几下,仿佛在呼唤、祈求着什么。

"怪了,它怎么不肯叫呢?买的时候还叫得起劲。真怪了……"一位白发老人凑近蝈蝈笼子看了半天,嘴里在自言自语。

老人的孙子和孙女,两个不满八岁的孩子,也趴在窗台上看新鲜。

"它不肯叫,准是怕生。"小女孩说。

"把它关在笼子里,它生气呢!"

小男孩说着,伸出小手去摘蝈蝈笼子。

"小囡家,别瞎说!"老人把笼子挂到小孙子摘不到的地方,然后又说,"别着急,它一定会叫的!"

整整一天,蝈蝈无声无息。两个孩子也差点把它忘了。

第二天,老人从菜篮里拿出一只鲜红的尖头红辣椒,撕成细丝塞进小竹笼里,"吃了辣椒,它就会叫的。"他很自信。两个孩子又来了兴趣,趴在窗台上看蝈蝈怎样慢慢把一丝丝红辣椒吃进肚里去。

整个白天,蝈蝈还是没有吱声,只是不再在小笼子里爬上爬下。

蝈 蝈

夜深人静的时候，蝈蝈突然叫起来，那叫声又清脆又响，把屋里所有的人都叫醒了。

"听见吗？它叫了，多好听！"老人很有点得意。

两个孩子睡眼蒙眬，可还是高兴得手舞足蹈，把床板蹬得咚咚直响。

蝈蝈一叫就再也没有停下来，从早到晚，不知疲倦地叫，叫……它不停地用那清脆洪亮的声音向这一家人宣告它的存在，很快，他们就习以为常了。蝈蝈的叫声仿佛成了这个家庭的一部分。

蝈蝈的叫声毕竟太响了一点。在一个闷热得难以入睡的夜晚，屋子里终于发出了怨言：

"烦死了，真拿它没办法！"说话的是孩子的父亲。

"爸爸，蝈蝈为什么不停地叫呢？"

男孩问了一句，可大人们谁也不回答。于是两个孩子自问自答了。

"它大概也热得睡不着，所以叫。"

"不！它是在哭呢！关在笼子里多难受，它在哭呢！"

大人们静静地听着两个孩子的议论，只有白发老人，用只有自己能听见的声音叹息了一声……

早晨醒来时，听不见蝈蝈的叫声了。两个孩子趴在窗台上一看，小笼子还挂在那儿，可里面的蝈蝈不见了。小笼子上有一个整齐的口子，像是用剪刀剪的。

"它咬破了笼子，逃走了。"老人看着窗外，自言自语地说。

炊　烟

在人迹罕至的深山密林里，假如看见一缕炊烟……

在饥肠辘辘的旅途中，假如看见一缕炊烟……

也许不会有什么比它更亲切了。那是一种动人的招手，是一种充满魅力的微笑，是一个似曾相识的陌生人，友好地向你挥动着一方柔情的白手绢……

掸落飘在肩头的枯叶，擦了擦额头的汗珠，我终于看见了在远方山坳里的炊烟，它优美地飘动着，无声无息地向我透露着一个质朴的希望。心中的惶乱被它轻轻地抚平了——在深山里走了大半天，饥饿、疲乏、山重水复的怅惘，曾经使我的脚微微地颤抖，步伐也失去了沉稳的节奏……

我急匆匆地走向山坳，走向炊烟。我想象着炊烟下可能出现的情景：大蘑菇似的小木屋，屋里，许是一个白胡子的看林老人，许是一个山泉般水灵的小姑娘，都带着一些童话的色彩……

果然看见两间小木屋了，只是普普通通，不像大蘑菇。木屋里走出一个胖胖的中年妇女，黑红的脸颊上，洋溢着只有山里人才有的那种健康的光彩。"客人来啦，快进屋里歇吧！"没等我开口，她就笑声朗朗地叫起来。一个矮小的男人应声走出来，这自然是她的丈夫了，他只是微笑着点头，似乎有些腼腆。

"能不能……麻烦买一点吃的？"早已过了吃午饭的时间，我不好意思地问。

"那还要问，坐下，先喝碗茶！"她把我按在一把竹椅上，转身从灶台的铁锅里舀给我一碗热气腾腾的开水，又悄声叮嘱了丈夫几句，那男人一声不吭地走出门去了。

灶台有点脏，她也许怕我看了不好受，找来一块抹布仔细擦了一擦。"山里人邋遢，将就一下啦！"她一边笑着，一边又从水缸里舀水洗那口空着的铁锅，一连洗了三遍。

不一会儿，那男人拎着满满一篮红薯和芋头回来了，并且已经在山溪中洗得干干净净。她把红薯和芋头倒进锅里，坐到灶背后烧起火来，他不知又到哪里去了。

小木屋里静下来，只有门外的哗啦哗啦的林涛和灶膛里哔剥哔剥的柴火，一起一落地在耳畔响着，协奏出一首奇妙的曲子。我喝着茶，打量着小木屋里的一切：简朴而结实的桌、椅、橱；门背后各种各样的农具；一架亮晶晶的半导体收音机，挂在一张毛茸茸的兽皮边上……这山里的农户，真有点世外桃源的味儿了。

红薯和芋头馋人的香味在小木屋里飘溢起来。"吃吧，爱吃多少就吃多少，只是别嫌粗糙啦。"她把一大盆冒着热气的红薯、芋头放到我面前。

哦，红薯和芋头，竟是那么香，那么甜，不仅抚慰了我的饥肠，也驱除了我的疲乏。这是我一生中最美的午餐之一！

她坐在一边，快活地笑着看我狼吞虎咽，手中不停地打着一件鲜红的毛衣，毛衣不大，像是孩子穿的。

"你有几个孩子？"

"有两个女儿,到山外读书去了,一个上小学,一个念中学,都寄宿在学校里。我想让她们将来都上大学呢!现在山里人富了,什么也不愁,就指望孩子们有出息。"她笑着回答,语气是颇为自豪的。这小木屋里,也有着和山外世界同样的憧憬和向往……

吃饱了,歇够了,该继续赶路了。我掏出一些钱给她。

"钱?"她又笑了,"这儿不是商店,快放回你的口袋里吧。如果不忘记山里的人,以后再来!"我的脸红了,也不知是为了什么,也许是为了这城里人的习惯……

起身走时,我发现背包变得沉甸甸的,打开一看,竟塞满了黄澄澄的橘子!是他,原来刚才去了橘林。"都是自家种的,带着路上解解渴。"他在一边腼腆地笑着,声音很轻,却诚恳。

我走了。她和他并肩站在门口,不停地向我挥手。

"再来呵!"他们的声音在山坳里回荡……

走远了,小木屋消失在绿色的林涛之中,只有那一缕炊烟,依然优美地在天上飘……再来,也许永远没有机会了,然而我再也不会忘记武夷山中的这一缕炊烟。炊烟下,并没有什么惊心夺魄的传奇故事,却有真诚,有纯朴,有人间最香甜的美餐……

历 史

一

历史是什么？

它看不见摸不着没有固定的形态。然而它涵盖所有流逝的岁月。没有人能够躲避它的剖视。就像一个人在海里游泳无法摆脱海水的拥抱，你跃出海面潜入海底，海水还是要淹没你，哪怕你变成一条飞鱼，展翅在天空滑翔，最后免不了仍会落进海里。没有人能够超越历史。

那么，历史是什么呢？

二

一片土地的沧桑变迁可以是一部历史。

一个民族的盛衰兴亡可以是一部历史。

一个家庭的悲欢离合可以是一部历史。

一个人的生活旅程可以是一部历史。

一场战争可以是一部历史。

一场球赛可以是一部历史。

……

历史可以很长很长，长如黄河扬子江，生命的旅途有多么漫长它就有多么漫长，人类的年龄有多么古老它就有多么古老。

历史可以很大很大，大如东海太平洋，世界有多么辽阔它就有多么辽阔，宇宙有多么浩瀚它就有多么浩瀚。

历史可以很短很短，只是一个冬天或者一个夏天，只是抽一支烟的片刻，甚至只是眨眼瞬间。

历史可以很小很小，小到一个庭院，一孔窑洞，甚至小到一个蚁穴。

过去的一切，都是历史。

三

历史不是一张白纸，你想涂成什么颜色就可以是什么颜色。

历史不是一块橡皮泥，你想捏成什么模样就可以是什么模样。

历史不是一块绸缎，任你随心所欲剪裁成时髦的衣裳装饰自己。

历史不是一把吉他，任你舞动手指在弦上弹出你爱听的曲子。

历史是出窑的瓷器，它已经在烈火的煎熬中定形。你可以将它打碎，然后还原起来，它仍然是出炉时的形象。

历史是汹涌的潮汐，它呼啸着冲上沙滩时人人都为之惊叹。它悄然退落时，许多人竟会忘却它的磅礴，忘却它曾经汹涌过、呼啸过，然而海滩忠实地记录着它的足迹，没有什么力量能将这足迹擦去。

白蚁可以将史书蛀得千疮百孔，但历史却不会因此而走样。装潢精致堂皇的典籍未必是真历史。墨，可以书写真理，也可以编织谎言。

谎言被重复一千次依然是谎言，真理被否定一万次终究是真理。

四

  是的，历史是起伏的潮汐。涨潮，未必是历史的峰巅；落潮，也不是历史的中断，更不是历史的倒退，落潮之后，必定会有新的潮汐。

  在历史的潮汐中，个人只能是其中的一簇浪花。有人一生都想做一个冲浪者，脚踏着冲浪板，在迭起的浪峰上做种种令人惊叹的表演。然而他们不可能永远凌驾于浪峰之上，潮头总要把他们打入水中。而那些企图逆流而行的弄潮者，在历史前进的惊天动地的涛声中，他们的呼喊留不下一丝回声。

  历史将前进，这是必然。

青 春

世界上，还有什么字眼比"青春"这两个字更动人，更富有魅力？

青春是早晨的太阳，她容光焕发，灿烂耀眼，所有的阴郁和灰暗都遭到她的驱逐。

青春是江河里奔涌的激浪，天地间回荡着他澎湃的激情，谁也无法阻挡他寻求大海的脚步。

青春是一只高飞在天的鸟，她美丽的翅膀像彩色的旗帜，召唤着理想，憧憬着未来。

青春是一棵枝叶葳蕤的树，他用绿色光芒感染着所有生灵，使春天的景象常留在人间。

青春是一支余韵不绝的歌，她把浪漫的情怀和严峻的现实交织在一起，拨动每一个人的心弦。

青春是蓬蓬勃勃的生机，是不会泯灭的希望，是一往无前的勇敢，是生命中最辉煌的色彩……

当我写着上面这些文字的时候，我觉得自己的心跳在加快，无数年轻时代的往事浮现在记忆的屏幕上。

是的,青春总是和年轻连在一起。年轻人可以骄傲地大声宣布:青春属于我们。一个人,从出生,经历过婴儿、童年、少年、青年和中年,最后进入老年,这是铁定的自然规律,没有任何力量能改变这样的规律。在人的生命中,青年只是其中一个阶段。青春,难道只属于这个阶段?当发现自己鬓发染霜,肢体再不像从前那样灵活,眼睛也不像从前那样锐利明亮时,青年时代便已经成为过去。这时,青春是不是也已经如黄鹤一去不回,只留下和青春有关的回忆,安慰日渐衰老的心?

然而青春更是一种精神。在青年人的生活中,我感受着青春的活力,在很多中年人和老人的思想中,我也感受到青春的魅力。八年前,我去看望冰心,我和她谈了一个多小时,谈文学,谈人生,也议论社会问题,展望未来的中国。和她谈话,使我忘记了她是一个九十岁的老人,因为,她的感情真挚,思想犀利,她的精神状态中没有一点陈腐和老朽。从冰心的家里回来,我曾写过这样的诗句:"只要心灵不老,只要思想年轻,青春就不会离你远去。"

是的,心灵的衰老与否,决定了青春的归宿。最可怕的,是未老先衰,青春的容颜下面,潜藏着消沉衰老的心。最可贵的,是老年壮心,虽然鬓发染霜,却常存着进取之心。哀莫大于心老。

青春是人类共同的财富,但愿所有的人都能拥有她。

人生妙境

会思想的芦苇

最近回到我曾经"插队落户"的故乡,一下船,就看到了在江堤上迎风摇曳的芦苇。久违了,朋友!

芦苇,曾经被人认为是荒凉的象征。然而在我的心目中,这些随处可见的植物,却代表着美丽自由的生命,它们伴随我度过了艰辛的岁月。

从前,芦苇是崇明岛上一种重要的经济作物。芦苇的一身都有经济价值。埋在地下的嫩芦根可解渴充饥,也可入药。芦叶可以包粽子,芦叶和糯米合成的气味,就是粽子的清香。芦花能扎成芦花扫帚,这样的扫帚,城里人至今还在用。用途最广的,是芦苇秆,农民用灵巧的手,将它们编织成苇帘、苇席、芦筐、箩筐、簸箕,盖房子的时候,芦苇可以编苇墙,织屋顶。很多乡民曾经以编织芦苇为生,生生不息的芦苇使故乡人多了一条活路。我在崇明"插队"时,曾经和农民一起研究利用地下的沼气来做饭。打沼气灶,也用得上芦苇。我们先在地上挖洞,再将芦苇集束成捆,一段一段接起来,扎成长十多米的芦把，慢慢地插入洞中，深藏地下的沼气，会沿着芦把的空隙升上地面，积蓄于土灶中，只要划一根火柴，就能在灶口燃起一簇蓝色的火苗，为贫困的生活增添些许温馨。在我的记忆中，这是一件无比奇妙的事情。

在艰苦的"插队"生涯中，芦苇给我的抚慰旁人难以想象。我是一个迷恋自然的人，而芦苇，正是大自然馈赠给人类的美妙礼物。在被人类精心耕作的田野中，几乎很少有野生的植物连片成块，芦苇例外。没有人播种栽培，它们自生自长，繁衍生息，哪里有泥土，有流水，它们就在哪里传播绿色，描绘生命的坚韧和多姿多彩。春天和夏天，它们像一群绿衣人，伫立在河畔江边，我喜欢看它们在风中摇动的姿态，喜欢听它们应和江涛的窸窣絮语。和农民一起挑着担子从它们中间走过时，青青的芦叶掸我衣，拂我脸，那是自然对人的亲近。最难忘的是它们开花的景象，酷暑过去，金秋来临，风一天凉似一天，这时，江边的芦苇纷纷开花了，那是一大片皎洁的银色，在风中，芦苇摇动着它们银色的脑袋，在江堤两边发出深沉的喧哗，远远看去，犹如起伏的浪涛，也像浮动的积雪。使我难忘的是夕照中的景象，在绚烂的晚霞里，银色的芦花变成了金红色的一片，仿佛随风蔓延的火苗，在大地和江海的交界地带熊熊燃烧。冬天，没有被收割的芦苇身枯叶焦，在风雪中显得颓败，使大地平添几分萧瑟之气。然而我知道，芦苇还活着，它们不会死，在冰封的土下，有冻不僵的芦根，有割不断的芦笋。只要春风一吹，它们就以粉红的嫩芽，以翠绿的新叶为人类报告春天的消息。冬天的尾巴还在大地上扫动，芦笋却倔强地顶破被严霜覆盖的土地，在凛冽寒风中骄傲地伸展开它们那柔嫩的肢体，宣告冬天的失败，也宣告生命又一次战胜自然强加于它们的严酷。我曾经在日记中写诗，诗中以芦苇自比。帕斯卡说："人是一棵会思想的芦苇"，这比喻使我感到亲切。以芦苇比人，喻示人的渺小和脆弱，其实，可以作另义理解，人性中的忍耐和坚毅，恰恰如芦苇。在我的诗中，芦苇是有思想的，它们面对荒滩，面对流水，面对南来北往的候鸟，舒展开思想之翼，飞翔在自由的天空中。我当年在乡下所有的悲欢和憧憬，都通过芦苇倾吐了出来。

  我曾经担心，随着崇明岛的发展和进步，岛上的芦苇会渐渐消失。然而我的担心大概是多余的，只要泥土和流水还在，只要滩涂上的芦根还在，谁也无法使这些绿色的生命绝迹。我的故乡，也将因为有芦苇的存在而显得生机勃发，永葆它的天生丽质。这次去崇明，我专门到堤岸上去看了芦苇。芦苇还和当年一样，在秋风中摇晃着银色的花朵。那天黄昏，我凝视着落霞渐渐映红那一大片芦花，它们在天地之间波浪起伏，像涌动的火光，重又点燃我青春的梦想……

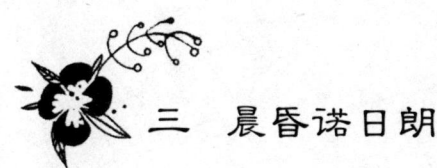 三　晨昏诺日朗

山　雨

来得突然——跟着那一阵阵湿润的山风,跟着那一缕缕轻盈的云雾,雨,轻轻悄悄地来了……

先是听见它的声音,从很远的山林里传来,从很高的山坡上传来——

沙啦啦,沙啦啦……

像一曲无字的歌谣,神奇地从四面八方飘然而起,并且逐渐清晰起来,响亮起来,由远而近,由远而近……

雨,使这山中的每一块岩石,每一片树叶,每一丛绿草,都变成了奇妙无比的琴键,飘飘洒洒的雨丝是无数轻捷柔软的手指,弹奏出一阕又一阕优雅的、带着幻想色彩的小曲……"此曲只应天上有"呵!

雨使山林改变了颜色。在阳光下,山林的色彩层次多得几乎难以辨认,有墨绿、翠绿,有淡青、金黄,也有火一般的红色。在雨中,所有色彩都融化在水淋淋的嫩绿之中,绿得耀眼,绿得透明。这清新的绿色仿佛在雨雾中流动,流进我的眼睛,流进我的心胸……

这雨中的绿色,在画家的调色板上是很难调出来的,然而只要见过这水淋淋的绿,便很难忘却。记忆宛若一张干燥的宣纸,这绿,随着丝丝缕缕的微雨,悄然在纸上化开,化开……

去得也突然——不知在什么时候,雨,悄悄地停了。风也屏住了呼吸,山中一下变得非常幽静。远处,一只不知名的鸟儿开始啼啭起来,仿佛在倾吐着浴后的欢悦。远处,凝聚在树叶上的雨珠继续往下滴着,滴落在路畔的小水洼中,发出异常清脆的音响——

叮——咚——叮——咚……

仿佛是一场山雨的余韵。

西湖秋意

一

碧云天，黄叶地……

湖波的微语，落叶的沙沙声，轻轻地协奏着一支秋的小曲。苏堤像一条青黄相间的绒带，默默地伸向水烟迷蒙的湖心……

又看见西湖了！今年仲春，我到过杭州，虽然匆匆而过，我还是赶来看望西湖了。那是一个阴晦的早晨，怅然地在湖畔站了好久，太阳突然从迷蒙的雾气中挺身而出，一下子揭开了那层蒙蒙的面纱，把西子湖迷人的春色活灵活现地铺展在我的眼帘里——那是洋溢着青春气息的绿，是使人心悦神驰的缤纷，就连湖畔垂柳的轻轻抚弄，也让你感觉到一种欢乐的震颤。这是因春的律动、因生命的律动而引起的欢乐……

现在，是深秋了，而且时近黄昏。西湖呵，你会不会依然能像春天时一样，给我充满生机的宁静，给我美的享受，给我欢乐？

踏着遍地落叶漫步苏堤，我默默打量着西湖。西湖呵，你能不能和我谈谈心？能不能告诉我，在萧瑟秋风里，你正想些什么呢？你会不会只使我回想起那些伤感的往事？

一叶孤舟，像飘落湖心的一片枯叶，在平静的水面上缓缓地描绘着一幅苍茫的秋景。湖上飘忽着淡淡的烟霞，仿佛青灰色的透明的轻绡，笼罩着透迤起伏的远山，使它们显得若游若定，似有似无。然而湖畔的山坡上，还是顽强地透露出几星秋的色彩，是金黄，是殷红，是在秋风里变得深沉的墨绿，还有那些使人想起遥远历史的古老屋脊……

对于眼前的西湖秋景，我很难找出一个恰当的形容词来，不尽是凄凉，不尽是寂寥，不尽是苍茫。是什么？我说不上来。我只觉得眼前的画面静谧极了，幽远极了，和谐极了。这画面中，蕴含着许多还没有为我所理解的丰富的内涵。环顾湖波山色，我的饱经旅途劳累的身体，连同思想和灵魂，全都陶然在诗一般、画一般的秋光之中了……

蓦地，湖面掠过一只白色的水鸟。它用长长的翅膀拍击着湖波，由远而近，又由近而远，那雪白的身影在湖面划出一条优美的曲线，岛影、游船、长堤、远山，仿佛都被它串联起来，一幅静止的水彩画，顿时活了起来，动了起来……

"这是什么鸟？"我问。

"海鸥。"陪我散步的是一位从小生活在西湖畔的诗人，他的回答使我诧异。

"真是海鸥。你知道吗？西湖以前是海。"他笑着补充，像吟诗。

我的想象之翼一下子被扇动起来了。是的，这里曾经是大海，是的，这里依然保存着海的气质。海有宁静的时刻，也有狂暴的时刻，然而他的深沉，他的浩瀚壮阔，谁也无法改变，这是永恒。而西湖的美，也是永远不会消失的，不管春秋交替，不管冬夏轮转，西湖总是会以她的不同的微笑，向你透露美的信息……

像海一样执着，像海一样深沉。西湖，永远保持着她的美。

二

苏堤尽头是花港。

走进花港公园，才真正看到了秋天的本色。不是凄凉和萧瑟，不是委顿和枯黄，而是火的色彩，是壮丽和辉煌——

枫叶正红。那一瓣瓣红五星般的叶片，在微风中抖动着，像一簇簇小火苗，组合成一蓬蓬巨大的红色篝火，在青色和黄色之中熊熊地燃烧着。所有的一切，山石草木，池塘楼阁，仿佛全被燃着了。我不禁想起了不久前在北京香山看到的红叶，那是满山遍野的火焰，把秋天燃烧得一片通红。我曾经惊喜得失声叫起来。此刻，面对着西子湖畔的如火红枫，虽没有在香山时的那种惊喜，却也身心为之一振。香山红叶是一种黄栌的树叶，远看红得轰轰烈烈，近看也不免有一种枯萎的感觉。红枫就不一样了，远眺近看，都一样生机盎然。红枫，是我心目中最美的植物之一，在秋天的西子湖畔，它们用自己鲜艳的色彩，向世界透露着生命的亮色，在秋风里吟诵着一首美丽的抒情诗……

依然有绿。不仅是苍松翠柏，更多是那些貌不出众的常青树木：樟、桂、黄杨、冬青……在落叶遍地的湖畔沉着地吐着绿，这是苍劲的深绿，是墨绿。最远处是一片水杉林，肃立在青沉沉的山脚下，像古人笔下的水墨画。倘若，西子湖畔春天的绿，给人清新妩媚的感觉，那么，此时的绿，应该说是庄重的，是深厚的，它使人想起人到中年以后的那种稳重和成熟……

也有花。自然是秋的皇后——菊花。在上海，刚刚参观过万卉色艳的菊展，所以，在这里傲然卓立的名种菊并没有吸引我的注意力，倒是悄悄开放在湖畔树丛中的那些野菊花，花朵很小，然而一开就是雪白雪白的一片，热烈而又优雅，有一种桀骜不驯的野气和生机。在一个不为人注目的小土丘上，居然还长着一片红花草，玫瑰色的小花，悄然开放在绿茵茵的小圆叶中——这应该是春天的标志呵！

西湖，用她的永不枯竭的心血，用她的始终不渝的柔情，哺育着湖畔众多的生命。如今，到了秋天，到了大自然新陈代谢的季节，西湖的儿女们却依然顽强地在秋风里挥舞着手臂，为母亲唱着动人的生命之歌……

西湖，你可以因此而欣慰了。

三

大自然的规律毕竟是无法改变的。落叶，这秋的尾声、冬的序曲，依然在西湖畔不慌不忙地飘荡……

有飘零的黄叶，自然有枯秃的树木。我在树林中寻觅……

是什么使我眼睛豁然发亮：一片耀眼的金黄，彩霞一般垂挂在宁静的湖畔。这是我视野里最醒目最辉煌的色彩，西湖的黄昏也仿佛因它们而明朗起来、亮堂起来……

看清楚了，是两棵高大的梧桐。在盛夏的烈日中，它们曾用葱郁的树冠在湖畔铺展一片浓绿的阴凉，谁不赞叹它们的绿叶呢！此刻，每一片绿叶都泛出了金黄的色彩，然而它们还是紧紧依偎着枝干，在湖畔展现出另一番更为激动人心的景象。

谁能说这是衰亡和委顿呢！两棵梧桐像两位精神健旺的老人，毫无倦色，也毫无愧色地面对夕阳、面对西湖，肃然伫立着，似乎在庄严地宣告：即使告别世界，我的生命之光依然不会黯淡！

我知道，一夜秋风，也许就能扫落这满树黄叶，然而我再也不会忘记它们那粲然夺目的金黄，不会忘记它们那最后的动人的微笑、最后的悲壮的歌声……

在一座小土山上，终于看见一棵脱尽了叶片的树，一棵桃树，在夕照中伸展着枯瘦扭曲的枝干。

"瞧，桃树的影子。"诗人指着桃树边上一条鹅卵石路，轻轻地告诉我。

是树的影子，像一幅浓墨勾出的画，又潇洒又遒劲地铺展在卵石路上，是一棵花满枝头的春天之树的影子呵！而且这影子是永远不会消失的——这条黑白相间的小路上，白的是卵石，黑的也是卵石，铺路者用黑卵石勾勒出了桃树那奇特的投影。

此举用意何在？我百思而不解。只有靠自己去理会，去想象了。

也许是一种梦境吧——是桃树的梦，也是人们的梦。在秋风里，在冬雪中，憧憬着发芽，憧憬着开花，憧憬着用新绿，用万紫千红去装点西湖的春天……

永不消失的梦境呵，每年都会有一次蓬蓬勃勃的兑现的！到春天，人们大概再也不会注意这镌刻在小路上的影子了。影子边，有缤纷的花，有缀满新芽的树枝，远处的梧桐，也一定会悄悄披上绿色的新衣，影子，将融化在绿荫里……

西湖之秋，到处蕴藏着生命的力量和对春天的憧憬……

人生妙境

黄河之水

　　黄河之水天上来。李白的诗句并不是凭空杜撰。在黄河的上游，我看到了从蓝天和白云中流下来的黄河。那是一条碧波荡漾的大河，能看到水底下的卵石，看到在清澈的流水中嬉戏的小鱼。世界上的江河，原本都这样清澈。

　　在西北的黄土高原，黄河变得浑浊，浑浊得像一条泥浆河，像一条桀骜不驯的黄龙。面对这浊浪滚滚的黄河，我并没有觉得它受到了污染，我想，这是流水和高山大地亲热的结果，是天作之合，是自然。大自然在亿万年的运动过程中形成了自己的规律，我们没有理由责备自然。

　　在兰州，我站在那座有名的大铁桥上，俯瞰在桥下奔流的滔滔黄河，河水打着旋涡，像万马咆哮，奔向它们向往的既定目标。就在我默默凝视黄河的时候，站在我身边的一个穿着时髦的女郎随手把一个可口可乐的罐子扔进了黄河。我吃了一惊，下意识地问："你怎么能这样乱扔？"女郎朝我一笑，答道："这么脏的河水，有什么关系。"那个红色的可乐罐子在黄色浊浪中冒了几下，就不见了踪影。

　　在黄河边，每天有多少人把手中的废物随手扔进黄河？

黄河流到甘肃临夏境内时,水势稍稍变得平缓。因为,再往下游,就是刘家峡水库,水库大坝把汹涌的河水拦住了。在这里,我坐游船去看黄河边的炳灵寺石窟。黄水在船舷边翻卷,涛声惊心动魄,两岸峰峦千奇百怪,像无数奇妙的雕塑排列在岸边。这些雕塑,是黄河的杰作,是流水冲击山峦的结果。热情的船主用黄河鲤鱼招待我,在甲板上,我们吃鲤鱼肉,喝鲤鱼汤,当然还有酒和饮料。几个年轻的船员很豪爽,几乎能一口气喝完一瓶啤酒。喝完酒之后的动作使我吃惊:他们一甩手,就把酒瓶扔进了黄河。当然,那些装饮料的瓶瓶罐罐,也无一例外,通通被扔进了黄河。他们的动作,自然得就像随便撸一下头发搓一下手掌,这样的动作,已经成了他们的生活习惯。如果我大惊小怪地对他们的这种习惯表示惊愕,大概会被他们嗤笑。不过,我还是表示了我的看法。我喝完了一罐饮料,船员们把他们的瓶子扔进黄河时,我一直把空罐子捏在手里。一个船员来收我的空罐时,我告诉他,我要把空罐带上岸去。船员惊奇地问我为什么,我说:"我不能污染黄河。"船员以为我说笑话,一边把手里的瓶子扔下船,一边哈哈大笑着走开了。

我看着手中的空铁罐,生不出一丝一毫幽默感。再看身边的黄河,只见黄浪滔滔,似乎所有一切都会被它们席卷而去,留不下任何痕迹。

看完炳灵寺石窟,坐一艘快艇去刘家峡大坝。快艇驶近库区时,河面越来越宽阔,水流越来越平缓,河水也由黄转绿,越来越清。进入库区后,只见天蓝水绿,风平浪静,快艇滑行在碧波粼粼的水面上,那条浊浪汹涌的黄河彻底消失了,河水变得像它的上游一般清澈。当水平线上出现刘家峡水电站巍峨的大坝时,我突然发现,绿色的水面上有一线黑色迎面而来,就像是天上的一大片乌云,罩住了碧绿的水面。这是什么?等快艇驶近,真相便大白了:原来,这正是人们一路往黄河中抛撒的污物,它们汇聚在这里,浮在水面上,黏稠乌黑,壅集着人间的污秽，散发着臭气。在这片乌云中，有空铁罐，空酒瓶，还有那些永远也不会腐烂的塑料盒塑料袋……在它们的覆盖之下，任何流水都不再有清澈可言。我不知道，当这片乌云涌进水电站时，会出现怎样的景象。人类破坏自然，必定会遭到惩罚，此刻，这可怕的报应已经展现在我的眼前。

　　面对黄河中这片乌云，我的心情沉重。黄河啊，你是中国人的母亲河，是中华民族的摇篮，是大自然恩赐予我们的伟大杰作，而你的子孙竟把你当成了垃圾箱！惭愧！

晨昏诺日朗

落日的余晖淡淡地从薄云中流出来,洒在起伏的山脊上。在金红色的光芒中,山脊上那些松树的轮廓晶莹剔透,仿佛是宝石和珊瑚的雕塑。眼帘中的这种画面,幽远宁静,像一幅辉煌静止的油画。

汽车在无人的公路上疾驶,我的目标是诺日朗瀑布。路旁的树林里突然飘出流水的声音。开始声音不大,如同一种气韵悠长的叹息,从极遥远的地方飘过来。声音渐渐响起来,先是如急雨打在树叶上,嘈杂而清脆;继而如狂风卷过树林时发出的呼啸;很快,这响声便发展成震天撼地的轰鸣,给人的感觉是路边的丛林中正奔跑着千军万马,人马的嘶鸣和呐喊从林谷中冲天而起,在空气中扩散、弥漫,笼罩了暮色中的天空和山林……绿荫中白光一闪,又一闪。看见了大瀑布!从车上下来,站在路边,远处的诺日朗瀑布浩浩荡荡地袒露在我的眼底。大瀑布离公路不到一百米,瀑布从一片绿色的灌木丛中流出来,突然跌入深谷,形成一缕缕雪白的水帘,千姿百态地垂挂在宽阔的绝壁上,深谷中,飞扬起一片飘忽的水雾。也许是想象中的诺日朗太雄伟,眼前这瀑布,宽则宽矣,然而那些飘然而下的水帘显得有些单薄,有些柔美,似乎缺乏了一些壮阔的气势。只有那水的轰鸣,和我的想象吻合。那震撼天地的声响，是水流在峭壁和岩石上撞击出的音乐，这音乐雄浑、粗犷，带着奔放不羁的野性，无拘无束地在山林里荡漾回旋。

诺日朗，在藏语中是雄性的意思。当地藏民把这瀑布称之为诺日朗，大概是以此来象征男子汉的雄健和激情。人世间有这样永远倾泻不尽的激情吗？很想沿着林中的小路走近诺日朗，然而暮色已重，四周的一切都昏暗起来。远处的瀑布有些模糊了，在轰鸣不绝的水声中，在水雾弥漫的幽暗中，那一缕缕白森森飘动的水帘显得朦胧而神秘，使人感到不可亲近……晚上，住在诺日朗宾馆，躺在床上无法入睡，窗外飘来各种各样的声音，有风吹树叶的沙沙声，有山涧流水的哗哗声，有秋虫优美的鸣唱……我想在这一片天籁中分辨出诺日朗瀑布的咆哮，却难以如愿。大瀑布那震天撼地的声音为什么传不过来？也许是风向不对吧。

第二天清早，天刚微亮，群山和林海还在晨雾的笼罩之中，我便匆匆起床，一个人徒步去诺日朗。路上出奇地静，只有轻纱似的雾气，若有若无地在飘。忽听背后嘚嘚有声，回头一看，是两匹马，一匹雪白，一匹乌黑，正悠然自得地向我走过来。这大概是当地藏族百姓养的马，但却不见牧马人。两匹马行走的方向也是诺日朗，我和它们并肩而行时，相距不过一米。两匹马并没有因为遇见生人而慌乱，目不斜视，依然沉静而平稳地踱步，姿态是那么优雅，仿佛是飘游在晨雾中的一片白云和一片黑云。到诺日朗瀑布时，两匹马没有停步，也没有侧目，仍旧走它们的路，我在轰鸣的水声中目送两匹马飘然远去，视野中的感觉奇妙如梦幻。

诺日朗又一次袒露在我的眼前。和夕照中的瀑布相比，晨雾中的诺日朗显得更加阔大，更加雄浑神奇。瀑布后面的群山此刻还隐隐约约藏在飘忽的云雾之中，千丝万缕的水帘仿佛是从云雾中喷涌倾泻出来，又像是从地底下腾空而起的无数条白龙，龙头已经钻进云雾，龙身和龙尾却留在空中，一刻不停拍打着悬崖峭壁……

沿着湿漉漉的林间小道，我一步一步走近诺日朗。随着和大瀑布之间的距离不断缩短，那轰鸣的水声也越来越大，迎面飘来的水雾也越来越浓。等走到瀑布跟前时，头发、脸和衣服都湿了。这时抬头仰观大瀑布，才真正领略到了那惊天动地的气势。云雾迷蒙的天上，仿佛是裂开了一道巨大的豁口，天水从豁口中汹涌而下，浩浩荡荡，洋洋洒洒，一落千丈，在山谷中激起飞扬的水花和震耳欲聋的回声。此时诺日朗的形象和声音，吻合成一个气势磅礴的整体。站在这样的大瀑布面前，感觉自己只是漫天飘漾的水雾中的一颗微粒。我想起许多年前在雁荡山看瀑布时的情景，站在著名的大龙湫瀑布跟前，产生的联想是在看一条巨龙被钉在崖壁上挣扎。此刻，却是群龙飞舞，自由的水之精灵在宁静的山谷中合唱出一曲震撼天地的壮歌，使人的灵魂为之战栗。面对这雄浑博大、激情横溢的自然奇景，人是多么渺小，多么驯顺！

然而大瀑布跟前实在不是久留之地，因为空气中充满浓密的水雾，使人难以呼吸。赶紧往后退，退入林间小道。走出一段再往后看，诺日朗竟然面目一新；奔泻的瀑布中，闪射出千万道金红色的光芒，这是从对面山上射过来的早霞。飘忽的水雾又把这些光芒糅合在一起，缤纷迷眩地飞扬、升腾，形成一种神话般的气氛……这时，远处的山路上传来欢跃的人声。是早起的游人赶来看瀑布了。

上午坐车上山时，绕过诺日朗背后的山坡，只见三面青山环抱着一大片碧绿的湖水，平静的湖水如同一块硕大无朋的翡翠，绿得透明而深邃，使人怀疑这究竟是不是水。当地的藏族同胞把这样的高山湖泊称为"海子"。陪我来的朋友指着一湖碧水，不动声色地告诉我："这就是诺日朗。"

这就是诺日朗？实在难以把这一片止水和奔腾咆哮的大瀑布连在一起。朋友说的却是事实。三面环山的海子有一面是长长的缺口，这正是大瀑布跌落深谷的跳台，也就是我在谷底仰望诺日朗时看到的那道云雾天外的豁口。走近海子，我发现清澈见底的湖水正在缓缓流动，方向当然是那一道巨大的豁口。这汇集自千峰万壑的高山流水，虽然沉静于一时，却终究难改奔腾活泼的性格，诺日朗瀑布，正是压抑后的一次爆发和喷泻。只要这看似沉静的压抑还在，诺日朗的激情便永远不会消退。

三峡船夫曲

　　谁也无法用一句话概括三峡水流的特点。浩浩荡荡的长江挤进窄窄的夔门之后，脾气便变得暴躁、凶险、喜怒无常、不可捉摸了。你看那浑浊湍急的流水，时而惊涛迭起，时而浪花飞卷，时而一泻千里如狂奔的野马群，时而又在峡壁和礁石间急速地迂回，发出声震峡谷的呐喊。有时候，水面突然消失了波浪，像绷得紧紧的鼓皮，然而这绝不是平静的象征，在这层鼓皮之下，潜伏着危险的暗礁和急流。而最多、最可怕的，是旋涡，像无数大大小小的眼睛，在起伏的江面滴溜溜地打转，到处都闪烁着它们那险恶的不怀好意的目光……

　　你想想那些三峡船夫吧，驾着一叶扁舟，靠手中的竹篙、木桨，要征服狂暴不羁的江水，那该是何等惊心动魄的景象。其惊险的程度，绝不亚于在黄河上驾羊皮筏子，不亚于在大渡河的急流中放木排。

　　第一次见到三峡中的船夫是在水流湍急的西陵峡，那是一条摆渡船，尽管距离很远，看不真切，但那拼命搏斗的紧张气氛，还是强烈地震撼了我的心。小船横在江中，看上去那么小，小得就像一片枯叶、一根稻草，似乎每一个浪头都能吞没它。船上一前一后两个船工，每人操一支桨，一个在右，一个在左，拼命地划着。只见他们身体前倾，

人生妙境

像两把坚韧的强弓,两支桨齐刷刷地落下去,飞起来,落下去,飞起来,仿佛一对有力的翅膀,不断地拍打着波涛滚滚的江面,在气势磅礴的峡江中,他们的翅膀是太微不足道了,随时都有折断的可能,他们能飞过去吗?然而我的担心多余了,没等我们的轮船靠近,小木船已经到了对岸……

在巫峡,遇到一只顺流而下的小划子,那情景更是惊心动魄。小划子远远出现了,像一只小小的黑甲虫,急匆匆地、慌里慌张地贴着江面爬过来——说它急匆匆,是因为它速度极快;说它慌里慌张,是因为它走得毫无规律,一忽儿左,一忽儿右,常常莫名其妙地拐弯绕圈子。很快就看清楚了,小划子上头,稳稳地站着一位手持长篙的船夫,船中端坐着六位乘客,船尾还有一位船夫,一手扶一把既像橹又像舵的尾桨,一手掌一支木桨。小划子在急流和波谷浪山中灵巧地滑行,时而从浪的缝隙中穿过,时而又攀上高高的潮头。真是冒险呵,这单薄的可怜的小划子,在急流中箭一般冲下来,根本无法停住,随时都可能撞碎在峡壁礁滩上,随时都可能卷入连接不断的旋涡中,随时都可能被大山一般的浪峰一口吞没,被巨剑一般的急流拦腰砍断……船夫却镇静得如履平地。那位在船头手持长篙的船夫纹丝不动地站着,像跃马横枪、率领着万千兵马冲锋陷阵的大将军,又像剽悍勇猛的牧人,扬鞭策马,驱赶着一大群狂奔狂啸的黄色野马。野马群发狂般地撞他、挤他、踢他、咬他,想把他从坐骑上拉下来,然而终于无法得逞。有时候,飞速前进的小划子眼看要撞到凸出的峡岩上,只见他挥舞竹篙奋力一点,小划子便轻轻一转,转危为安。船尾那位船夫要忙一些,他不时划动双桨,巧妙地改换着前进的方向,在变化无穷的急流中觅得一条安全的航线。而那六位舱中的乘客,一个个正襟危坐,一动不敢动。我看不清他们的表情,但我能想见他们脸上惊慌的神色。在航行中,他们是不许有任何动作的,任何微小的颠动,都可能使小划子因为失去平衡而翻覆。如果遇到不安分的乘客在舱里乱动，船夫的竹篙会狠狠地当头打来，打得头破血流也是活该。倘若你不服，继续捣乱，船夫就要大喝一声，毫不留情地用竹篙把你戳下水去，这是捏着性命在凶恶的急流中搏斗呵！

小划子在轰隆隆的水声中一晃而过，很快就消失在峡谷的拐弯处。我凝视着起伏不平的江面，一遍又一遍回想着船夫在万般艰险中镇定自若的姿态，心里怎么也平静不下来。无数旋涡，在小划子经过的航道上打着转转，这些永远不会安然闭上的不怀好意的眼睛，似乎正在狡猾地眨动着，还在用谁也无法听懂的语言描绘着水底下的秘密。哦，只有三峡船夫懂得这些语言！我知道，在三峡中行船，除了勇敢，除了沉着，最关键的，还是对航道和水流的熟悉。据说，在三峡驾驭小划子的船夫，对水底的每一块礁石，每一片浅滩，都是了如指掌。为了摸清水底的状况，为了在极其复杂的急流中寻到一条能被小木船通过的安全之路，一定有不计其数的船夫付出了生命的代价！

西陵峡有一块巨大的礁石，兀立在滚滚急流中，奔泻的潮水整天凶狠地拍打着它，飞溅起漫天雪浪，小船如果撞上去，非粉身碎骨不可。这礁石有一个奇怪的名字："对我来"。当浪花散开，人们就会看到"对我来"三个大字，惊心触目地刻在这块礁石上，这礁石周围的水流险恶而奇特，小船从它身旁经过时，倘若想绕开它，结果总是适得其反，船会不可阻挡地向礁石一头撞去，撞得船碎人亡。如果顺急流迎面向礁石冲去，不要躲避它，不要害怕它，船到礁石前，却能顺利地拐个弯从旁边擦去。不过，这千钧一发的险象，懦夫是绝对不敢经历的，只有三峡船夫们，才敢驾着轻舟勇敢地向扑面而来的浪中礁石冲去。"对我来"这三个字，一定是无数船夫用生命换来的经验。也许，可以这样说，小木船在三峡急流中那些曲折而又惊险的航道，是船夫们用智慧，用勇气，用尸骨一米米开拓出来的！

对三峡船夫来说，最为可怕的，大概莫过于暴风雨和洪峰了。突然袭来的暴风雨，能把江面搅得天翻地覆，在被暴风雨鞭打着的惊涛骇浪之中，小舟子是很难掌握自己的命运的，如果来不及靠岸躲避，便有可能在暴风雨中葬身江底。假如遇上洪峰，那几乎是无法逃脱的，几丈高的洪峰，像一堵巍巍高墙从上游呼啸着压下来，没有任何东西能够抗拒它、阻挡它，它是船夫们的冷酷无情的死神。然而，奇迹并不是没有发生过，曾经有一些技术高超、勇气过人的船夫，在洪峰扑近的刹那间，驾着小舟瞅准浪的缝隙飞上高高的洪峰之巅，硬是从死神的头顶越了过去……当然，这些都是旧话了，随着科学技术的发展，天气预报和水情预报越来越准确，三峡船夫们再不会去冒这种风险了。

船近神女峰时，所有人都仰头看那位在云里雾里默默地站了千年万年的神女，然而山顶上云飞雾绕，什么也看不清。正在遗憾的时候，突然有人对着前方的江面大叫起来！

"看！小船！女的！"

神女峰下，一只两头尖尖的小划子正在急流中过江，划船的是一位身穿粉红色衬衫的少女，只见她右手划桨，左手掌舵，不慌不忙地向对岸划着，那悠然而又优美的姿态，使所有目击者都惊呆了——这也是三峡船夫吗？这也是在险恶的峡江中拼命搏斗的勇士吗？然而怀疑是可笑的，小划子在神女峰对面的一片石滩上靠岸了，划船的少女站在一块白色的石岩上，有力地向我们的轮船挥了挥手……

挥一挥手，挥一挥手，向勇敢的三峡船夫挥一挥手吧，但愿他们能在我的挥手之中感受到我的钦佩和敬意。是的，我从心底里深深地向三峡的船夫们致敬，他们，不仅征服了狂放不羁的长江三峡，而且把人类和大自然那种惊心动魄的搏斗，化成了优美的诗篇。他们是真正的诗人。

但丁的目光

暮色降临，那些曲折的街道和小巷顿时更显得幽深。眼看天光一点点幽暗，站在街口，只见那些古老楼房迎面压下来，遮住了窥探的视线。黄色的路灯突然亮了，石头的路面上光影闪动，似乎随时都会有奇景出现。黄昏的佛罗伦萨，在一个外来者的眼里，显得无比神秘。

走过一条狭窄的小路时，陪我的意大利朋友轻声说："但丁，他在这里住过。"顺着他手指的方向望去，是一座很普通的临街小楼，看上去已经歪歪斜斜，门口挂着一盏方形风灯，灯不亮，闪烁着昏黄的光芒。给人的感觉，这光芒也是古老的，六百多年岁月，都浓缩在这幽暗的灯光中。当年，这该是一盏油灯，在风中飘摇，但丁踏着夜色回家时，看见的也是差不多的景象吧。

我走到小楼门前，门关着，无法进去。古老的山墙上，有但丁的青铜雕像，诗人眉峰紧锁，目光忧郁而深邃，越过我头顶，凝望着远方。我想象那小楼中，有窄而陡的楼梯，在黑暗中上升，通向一间书房，书房不会很大，却能容纳下整个宇宙，诗人的幻想和思索在这里上天入地，寻哲人，会鬼神……写出《神曲》的伟大诗人，竟住在如此普通的寒舍中，这有点出乎我的意料。大诗人贫穷，中外古今，大抵如此。但丁贫穷，不会影响《神曲》的伟大。我仿佛看见那昏暗的灯光中闪动着一行字：贫穷而伟大的诗人！

走在古老的石头街道上，很自然地产生这样的念头：这就是但丁当年走过的路，一条普通的小路，走出非凡的人生。他在这里邂逅初恋的姑娘贝雅特丽齐，也从这里走上被放逐的路。1302年，但丁三十七岁，那一年，他遭到权贵的迫害，被当政者宣布终身流放，永远不准返回佛罗伦萨。这样的遭遇，对一般人也许是沉沦和毁灭，然而对但丁，这却是一个伟大的开端。

但丁从此开始流亡生活。他说："人不能像走兽那样活着，应该追求知识和美德。"离开佛罗伦萨，他旅行，观察，思考，游遍了意大利，认识了社会各阶层的人物。他每天都在思考生命的意义，思考国家的命运和人类的前途。他没有想到，告别故乡，就成了永远的游子，在他活着的时候，竟然再没有机会重返佛罗伦萨。晚年的但丁，定居于古城拉韦纳，将一生的经历和思考，倾注于《神曲》的创作。一个游子，客居他乡，心含着愁苦，也怀着憧憬，用鹅毛笔写出一行行奇妙的诗句。《神曲》长达一万四千余行，但丁在诗中梦游地狱、炼狱，历经千难万险，最后抵达天堂。其惊人的想象力和深邃的思想，前无古人。但丁说过他写《神曲》的目的是"要使生活在这一世界的人们摆脱悲惨的遭遇，把他们引到幸福的境地"，他是为爱和理想而创作。我记得《神曲·天堂篇》的结语：

> 只是一阵闪光掠过我的心灵，
> 我心中的意志就得到了实现。
> 要达到那崇高的幻想，我力不胜任；
> 但是我的欲望和意志已像
> 均匀转动的轮子般被爱推动——

爱也推动那太阳和其他的星辰。

他的《神曲》，是欧洲文艺复兴的先声，也使他成为人类历史上最伟大的诗人之一。他被人称为"中世纪的最后一位诗人，同时又是新时代的最初一位诗人"。

在但丁流放期间，佛罗伦萨当局感觉将这位大诗人拒之门外很不得人心，便宣告，只要但丁公开承认错误、宣誓忏悔，就可让他回乡。然而但丁认为自己没有错，断然拒绝。1321年，但丁在威尼斯染上疟疾，返回拉韦纳不久便离开人世。他的遗体被拉韦纳人安葬在市中心圣弗兰切斯科教堂广场上。佛罗伦萨市政当局提出把但丁的遗体迁回故乡，遭到拉韦纳人的拒绝。也许是为了表达故乡对这位伟大诗人的歉意，佛罗伦萨当局委托拉韦纳人在但丁墓前设一盏长明灯，灯油，则由佛罗伦萨永久提供。1829年，佛罗伦萨在圣十字教堂为但丁立了墓碑和雕像，同时把教堂前的广场命名为但丁广场。这时，离但丁辞世已经过了五百多年。

我来到但丁广场时，天已经落黑，下起了小雨。空旷的广场上不见人影，圣十字教堂在雨中，远远看去，像一个白衣巨人，孤独地站在微雨迷蒙的夜色里。教堂已经关门，我只能站在门口沉思默想。在这座教堂里，埋葬着佛罗伦萨历代的主教和显赫的权贵。但丁的墓碑，在教堂的入口处，只是一块普通的石碑，上面刻着诗人的姓名和生卒年月。然而，到这里的人们，大多只为但丁而来，为他的《神曲》而来。这应了李白诗句的意境："屈平辞赋悬日月，楚王台榭空山丘"。

教堂大门的左侧，有一尊高大的大理石雕像，是但丁的立像。台基上，刻着诗人的姓名，台基的两边，是两头大理石狮子，威严地护卫在主人的脚下。但丁穿着宽大的长袍，伫立在精致的台基上，诗人的目光，一如他故居前那尊铜像，忧郁而深邃，俯视着夜色迷茫的大地。

人生妙境

土地啊……

土地。世界上，有什么词汇会比这两个字具有更深厚的含义，有什么词汇会比这两个字更能使人引发悠长的情思？

在中国古老的传说中，人是由土造就的，是女娲用泥土捏出了人形，使他们成为会劳动会唱歌会思想的生命。没有泥土，也就没有人类。这虽然是神话，但不乏真理的成分。试想，假如没有泥土种植五谷百草，没有土地构筑村寨城镇，人类何以生存，何以繁衍？

离开了土地，流水就失去了源；离开了土地，生命就失去了根；离开了土地，一切都会变得漂浮不定、无所依靠。

土地。这不是一个虚幻的形象，而是一个可感可亲可触摸的形象。小而言之，它是一方田地，一抔泥土；大而言之，它是一片原野，一脉山峰；再大而言之，它也可以是故乡的缩影，是祖国和民族的象征。

世界上最朴素的形象，是土地的形象。它不需要任何装饰，永远是那样浑厚博大，那样质朴自然。在浩瀚的天空下，它坦坦荡荡，襟怀磊落，静静地承载着一切，默默地哺育着一切，不思回报地奉献着一切。

世界上最丰富的色彩，是土地的色彩。我曾经很多次在飞机上俯瞰我们辽阔的国土，我无法用简单的语言描绘眼帘中那些壮观而又缤纷的景象，北方的黑土地，南方的红土地，西北的黄土地，长江和珠江两岸那永远被葱茏的绿色覆盖的水乡泽国……还有那些绵延无尽的群山和丘陵，在阳光的抚照下，它们映射出反差强烈的色泽，有时深沉如蓝色的海水，有时柔和如青翠的草地，有时又耀眼如金黄的火焰……从天上鸟瞰大地，看到的是一片神奇美妙的仙境。然而这仙境的主人就是我们这些普普通通的凡人。我们生于斯，长于斯，悲欢哀乐都发源于斯。想到这一点，便更加怀恋土地。人是不能生活在空中的，空中的景色再迷人，也不是久留之地。那些驾驶着飞船在太空遨游的宇航员，萦绕于心的，便是地上的光景。

是的，人类最深沉的感情，是对土地的感情。这种感情绝不是虚无缥缈的，它们很具体，每个人，对土地的感情都会有不同的体验和表达方式。

很多年前，当日寇的铁蹄践踏我们的大好河山时，诗人艾青写过这样两句诗："为什么我的眼里常含泪水？因为我对这土地爱得深沉……"这样的诗句，曾使很多心怀忧戚的中国人泪珠盈眶，热血沸腾。大半个世纪过去，时过境迁，然而读这两句诗，依然让人怦然心动。为什么？因为，人们对土地的感情依旧。尽管土地的色彩已经有了很多变化，但是中国人对历史、对民族、对祖国的感情并没有变。说到土地，就使人很自然地联想起与之关联的这一切。古人说"血土难离"，这是发自肺腑的心声。

在国外旅行时，我曾经见到过一位老华侨，在他家客厅的最显眼处，摆着一个中国青花瓷坛，每天，他都要深情地摸一摸这个瓷坛，他说："摸一摸它，我的心里就踏实。"我感到奇怪。老华侨打开瓷坛的盖子，只见里面装着一捧黄色的泥土。"这是我家乡的泥土，六十年前，漂洋过海，我怀揣着它一起来到美国。看到它，我就想起故乡，想起家乡的田野,家乡的河流,家乡的人,想起我是一个中国人。夜里做梦时,我就会回到家乡去,看到我熟悉的房子和树,听鸡飞狗咬,喜鹊在屋顶上不停地叫……"老人说这些话时,眼里含着晶莹的泪水,双手轻轻地抚摸着这个装着故乡泥土的瓷坛。那情景,使我感动,我理解老人的那份恋土情结。怀揣着故乡的泥土,即便浪迹天涯,故乡也不会在记忆中变得暗淡失色。看着这位动情的老华侨,我又想起了艾青的诗句:"为什么我的眼里常含泪水?因为我对这土地爱得深沉……"

  对土地的感情,每个人大概都会有不同的经历和体会。我的故乡在长江入海口,在中国的第三大岛崇明岛。很多年前,作为一个下乡"知青",我曾经在崇明岛上种过田。那时,天天和泥土打交道,劳动繁重,生活艰苦,然而没有什么能封锁我憧憬和想象的思绪。面对着岛上那辽阔的土地,我竟然遐想联翩,自由的想象之翼飞越海天,翱翔在我们广袤绵延的国土上。崇明岛和一般意义上的岛不同,这是长江的泥沙沉积而成的一片土地,就凭这一点,便为我的遐想提供了奇妙的基础。看着脚下的这些黄褐色的泥土,闻着这泥土清新湿润的气息,我的眼前便会出现长江曲折蜿蜒、波涛汹涌的形象,我的心里便会凸现出一幅起伏绵延的中国地图,长江在这幅地图上左冲右突、急浪滚滚地奔流着,它滋润着两岸的土地,哺育着土地上众多的生命。它也把沿途带来的泥沙,留在了长江口,堆积成了我脚下的这个岛。可以说,崇明岛是长江的儿子,崇明岛上的土地,集聚了我们祖国辽阔大地上各种各样的泥土。我在田野里干活时,凝视着脚下的土壤,情不自禁地会想,这一撮泥土,是从哪里来的呢?是来自唐古拉山,还是来自昆仑山?是来自天府之国的奇峰峻岭,还是来自神农架的深山老林?抑或是来自险峻的三峡,雄奇的赤壁,秀丽的采石矶,苍凉的金陵古都?……

有时，和农民一起用锄头和铁锹翻弄着泥土时，我会忽发奇想，在千千万万年前，我们的祖先会不会用这些泥土砌过房子，制作过壶罐？会不会用这些泥土种植过五谷杂粮，栽培过兰草花树？有时，我的幻想甚至更具体也更荒诞。我想，我正在耕耘的这些泥土，会不会被行吟泽畔的屈原踩过？会不会被隐居山林的陶渊明种过菊花？这些泥土，曾被流水冲下山岭，又被风吹到空中，在它们循环游历的过程中，会不会曾落到云游天下的李白的肩头？会不会曾飘在颠沛流离的杜甫的脚边？会不会曾拂过把酒问天的苏东坡的须髯？……

荒唐的幻想，却不无可能。因为，我脚下的这片土地，集合了长江沿岸无数高山和平原上的土和沙，这是经过千年万代的积累和沉淀而形成的土地，这是历史。历史中的所有辉煌和暗淡，都积淀在这土地中，历史中所有人物的音容足迹，都融化在这土地中——他们的悲欢和喜怒，他们的歌唱，他们的叹息，他们的追寻和跋涉，他们对未来的憧憬……

记得我曾在面对泥土遐想时，写下过这样的诗句："故乡的泥土，汇集了华夏大地的缤纷七色，把它们珍藏在心里，我就拥有了整个中国……"直到今天，年轻时代的这种遐想仍会使我的感情产生共鸣。

我们每个人，都是土地的儿子。土地是我们的母亲。一个淡忘了自己母亲的人，不思回报母亲的养育之恩的人，不是一个高尚健全的人。一个鄙视自己的母土，忘记了自己的故乡的人，就像背弃了母亲的不孝之子一样，不仅会失落了自己的灵魂，还会被世人鄙视。

人们啊，请记住，你的根，在母土之中。只有把根深扎进生你养你的土地，只有把土地的色彩和气息珍藏在你的心里，你的生命和人生之树才能枝繁叶茂，开花结果……

当每一棵生命之树都在血脉相连的泥土中自由成长，那么，我们的土地就会洋溢一派葳蕤葱茏的繁华景象。

人生妙境

风啊,你这弹琴的老手

如果没有风吹来,一切都是静止的。

树、草、花、湖泊、海洋,甚至沙漠……这世界上的一切有生命的或者无生命的,在无风的时刻都成了凝固的雕塑。

是风改变了它们的形象,打破了它们的宁静,使它们变得充满了兴致勃勃的生命活力。风,果真有如此神奇的魅力?

那一年在庐山,我曾经为山顶如琴湖的静态而惊奇不已。

那是在傍晚时分,无风,我散步去湖畔。湖畔的树林里,枝叶纹丝不动,一切都沉默着,只有几只已经归巢的鸟雀,偶尔发出一两声梦呓般的鸣叫。这鸣叫非但没有破坏林中的静寂,反而增添了几分幽静。穿过树林,就看到了湖。呈现在我眼前的是一个静极了的湖。碧绿的湖面平滑得如同一面巨大的明镜,镜面上没有一丝半点的裂纹和灰尘,这样的静态,简直有些不可思议。湖畔的树木,远方的山影,还有七彩缤纷的晚霞,一无遗漏,全部都倒映在这面镜子中。这是一幅静谧辉煌,而又略带几分凄凉的画,那种静止的瑰丽和缤纷竟使人感觉到一种虚幻,使人禁不住发问:这是真的吗?大自然是这样的吗?我突然想,要是有一点风,那有多好,眼前的风景也许会活泼美妙得多。

　　就在我为风景的过于静谧感慨遗憾的时候，突然地，就刮起风来。不知道这风来自何方，开始只是感觉头顶的树叶打破了它们的沉默，发出一片簌簌的声响。接着，就看见原先像镜子一般的水面微微起了波动。细而长的波纹从湖边轻轻地向湖心荡开，优雅得就像丝绸上飘动的褶皱。波纹不慌不忙地荡漾着，湖面上那幅静谧辉煌的画随之消失，变成了一幅印象派的水彩画，无数亮光和色彩搅和在一起，显得神奇莫测……

　　风渐渐大起来，湖畔的树木花草开始摇动起来。枝叶的摩擦声也渐渐响起来，一直响到整个世界都充满了它们的呼啸和喧哗。实在无法想象，几秒钟前还是那么文质彬彬、悄无声息的绿色朋友们，一下子竟都变得这样惊惶不安，变得这样烦躁。

　　再看湖面，波纹已经失去了先前的优雅，变成了汹涌的波浪。波浪毫无规则地在湖中翻涌起伏，就像有无数条被煎煮的鱼儿，正在水下拼命挣扎游窜……而湖面的画，消失得无影无踪。只有变得浑浊的湖水，翻卷起无数青白色的浪花……

　　我久久地凝视着在风中失去了平静的湖水，倾听着大自然在风中发出的无数歌唱、呻吟、呼啸和呐喊，原来那种平静的心情烟消云散。和这风中的自然一样，我也开始烦躁起来，种种的失落，种种的不愉快和不顺心，如同沉渣泛起，搅乱了我的情绪。我离开湖畔，回到住宿的旅馆里。那是一个风雨之夜，风声雨声在窗外响了整整一夜，使我难以入眠……我已经无法记下那一夜我的思想和情绪，记下来恐怕也是一片混乱和芜杂，就像在风中飘摇摆动、纠缠在一起的树枝和草叶……唉，大自然起风与我何干，我为什么如此触景生情，这样自寻烦恼呢？

　　第二天早上起来，竟又是个阳光灿烂的大晴天。昨夜猖獗了一夜的大风,早已不知去向。从窗外传进来的,只有低回百啭的鸟鸣。也不知为了什么,一起床,我就往湖畔跑。我想知道,昨天傍晚在风中突然消失的那个宁静优美的世界,会不会重新回来。而这种突然来临,又突然消失的宁静,仿佛已经离我非常遥远。

依然是先穿过树林。树林和昨天傍晚未起风时一样,地上的花草和头顶的树叶都处于静止的状态,只有轻柔的晨雾和迷迷蒙蒙的阳光,在树枝和绿叶间飘动。林中的鸟儿们居然也都不知飞向何方,仿佛是为了让我看到和听到一个绝对安静的树林。而昨夜的风雨,还是在树林中留下了痕迹,那是从树叶上滴落下来的水珠,一颗一颗,晶莹而清泠,无声地滴在我的脸上……

湖,又恢复了它的静态。水面略略升高了一些,湖水也不如昨天那么清澈,那是一夜雨水汇积的缘故。然而它的平静却一如昨天傍晚,依然是一面巨大的明镜,仰望着彩霞乱飞的天空。倒映在湖中的树林、山峰比傍晚看起来更为青翠,也更加清晰,而漫天越来越耀眼的朝霞,使得如镜的湖面光芒四射,叫人眼花缭乱……同样是静止的画面,昨天的那一幅使人在感觉辉煌时也感觉到凄凉,而今天这一幅,辉煌依旧,却绝无凄凉之色。而且,随着太阳的升高,湖面的光芒越来越耀眼,终于耀眼到使我无法正视……这时,山中又起了风,湖面上波纹骤起,在耀眼的亮光中,再也不可能看清楚波纹的形状。消失了山林倒影的湖水,顿时成了一片熊熊燃烧的火海……

我闭上眼睛,尽量不去想此刻正在我眼前如火海一般烈焰腾腾的湖面。我不喜欢这样的景象。这时,我心里出奇地平静,我很清楚自己向往的是什么。风声在我的耳边打着呼哨,头顶的树叶也是一片簌簌声。然而,我的脑海里,却出现了昨天傍晚看见的那个宁静安详的湖,出现了那一幅辉煌而略带凄凉的画面……这正是我要寻求的画面。我想,只要我静下心来思索,我的眼前可以出现我曾看见过的任何一种画面。无论是有风时的湖，还是无风时的湖。因为，不管是有风还是无风，湖总是那个湖，它的本质绝不会因为风而发生变异。风不为谁的意愿而来，湖也不想用自己不同的姿态来取悦任何人。所有一切风景之外的联想，都是因我自己的情感和思绪所致。"夫风者，天地之气，溥畅而至，不择贵贱高下而加焉。"楚襄王在两千多年前发出的感叹，在现代人心中居然还能产生共鸣。

我想，在这个世界上，我们其实和一棵树或者一个湖一样。我们原本都是平静而安宁的。然而身外来风常常是出其不意地出现，你永远无法预料它们什么时候会吹过来，毫不留情地打破你的平静和安宁。谁也不能阻止风的到来，谁也无法改变风的方向和强弱。它们带来的可能是灾难，也可能是快乐和幸运。于是，对风的畏惧和希冀，使原本恬淡的生命，变得浮躁不安了，很多人再也无法忍受无风的生活，而是在以不同的心情期待着风的来临。这样，无风的时刻，生命便不会是凝固的雕塑了，尽管表面上看起来很平静。在这个世界上，最多变的，其实是人。这是人的优势，也是人的悲哀。

而当风吹来的时候，又会怎么样呢？是呜咽抽泣，还是劲歌狂舞？是保持着本来的形状，还是随风摇摆，成为风的指路牌？当然，还有一种可能，便是被大风拦腰折断……

在风中，我会成为怎样的一种风景？我会不会失去了自己呢？仿佛是为了解答我的困惑，我头顶的树叶在风中发出极为动听的娓娓细语，这低吟浅唱般的细语绝不会将人的思绪引向险恶之处。我的心中，又出现了一首关于风的诗：

  听，风在树林里
  弹奏着天上的交响曲
  风啊，风啊

人生妙境

> 你这弹琴的老手
> 我的心弦轻轻地被你无形的手拨动
> 风啊，风啊
> 你这弹琴的老手……

记不清这是谁写的诗了。此刻，这首诗以奇妙的方式给了我一个巧妙的答案。我想，作为一个艺术家或者文学家，心里应该有一根不断的琴弦。不管风从什么地方来，不管来的是微风还是狂风，我心中的琴弦自会在风中颤动出属于我自己的音乐，谁也不能改变我的声音……是的，风只能使我的心弦颤动，但绝不能改变这心弦固有的音律。譬如写诗或者写散文，我常常要求在文字中倾吐自己灵魂的声音，展现自己心灵的色彩。那么，风是什么呢？风是我周围的环境，是发生在我周围的大大小小的事件，是影响我情绪的形形色色的人和物，是现实的生活，是正在发展的历史……风是一个巨大而丰富的客体，它们激励着我，启示着我，震撼着我，使我产生写作的欲望。这种激动、启示和震撼，便是风的手指拨动了我的琴弦。然而我的歌唱并非简单地描述风，它们永远不能替代我的主观世界，替代我的心灵。我在风中歌唱，却绝不是追风趋时，也不是违心地去媚俗。我相信，真正的作家，在相同的风中必定会唱出不同的心曲。就像我身边的树林和湖泊，前者在风中以枝叶低语，后者在风中波纹荡漾……

风来去无踪，变幻不定，而真挚的心灵之声，应该具有永久的魅力。

等我再看眼前的湖水时，微风正从湖上掠过。只见湖面上泛起一片片细密而整齐的波纹，就像是金鱼的鳞片。这时，站在湖边能感觉到微风扑面。这微风中的湖，是一条金光闪烁的大鱼了……

离开如琴湖时，我似乎若有所失，也似乎若有所得。

大漠古城

吐鲁番盛夏的太阳光,是真正的火焰。在热辣辣的阳光烤灼下,一切都仿佛在冒烟,在喷火。汽车在大戈壁中飞一般奔驰,公路边那些被太阳晒得发烫的大大小小的卵石,像一些惊诧的眼睛,呆呆地瞪着没有一丝云彩的天空。

当高昌古城突然在前方出现时,轮到我惊诧了。这真是奇迹,一望无际的戈壁滩上,居然会有一座被遗弃的城市,一座真正的古城!远远看去,它像一群风化的土山,走近细看,才能从千奇百怪的形状中辨认出房屋、街道、围墙的轮廓和残垣。

阒无声息。只有那些高低起伏的、方的、圆的、不规则的残墟断垣,连带着它们在阳光下的浓浓的阴影,一座座一片片迎面而来,像一群沉默的幽灵……据说,历史学家能在这迷宫般的黄土堆中分辨出一千多年前的王宫、寺院、商场、监狱,甚至还能找到唐玄奘当年讲经说法的地方……然而我却无从分辨。在炽烈的阳光下,我流着汗,和残墟断垣们默默对峙。哦,你们,能告诉我什么呢?你们曾经像璀璨的宝石一般,镶嵌在荒凉的戈壁大漠中,闪耀在漫长曲折的丝绸之路上;你们曾经是人类的骄傲,是人类征服自然改造自然的灿烂的标志。而现在，一切早已荡然无存，这里没有人烟，没有声音，连一星半点生命运动的迹象也无法找到，连一棵小小的绿草也没有……听一位久居吐鲁番的汉族同志告诉我，初春的时候，这里常常狂风大作，狂风裹挟着滚滚黄尘，在高低起伏的城堡和残垣之间、在迂回曲折的街巷之中穿行，发出令人心悸的呼啸。也许，这是古城在以自己的方式回忆着它的黄金时代，回忆着丢失了一千余年的繁华和喧闹……

一千年，十个世纪的岁月流水，可以把许多历史的遗迹磨得一干二净，而它，这座没有任何人照看的都市，却顽强地、奇迹般地保存下来了，尽管失去了缤纷的色彩。这是什么原因呢？我有些惊奇，也有些纳闷。

视野突然开阔起来。我发现，自己已走到了一块宽阔坦荡的平台上，平台的尽头，是一幢还保留着圆顶的高大的古建筑。我正仰头看着，突然听见身后传来一阵轻轻的笑声。回头一看，原来是三个维吾尔族小男孩，在离我不远的地方并排站着。真不可思议，他们不知是从哪里钻出来的！

这些孩子，看来对这里非常熟悉。他们并不怕陌生，我便走过去和他们攀谈起来。

"你们怎么在这里？"我微笑着问。

"我们来玩，我们的家离这儿不远。"胖男孩歪着脑袋回答我。他的回答使我吃惊：这古城附近，居然还有人家！我发现，他那件沾满黄土的汗衫胸前，别着一枚纪念章，纪念章上的图案是中美两国国旗。看来，常常有外国旅游者来看这座古城，并且受到了这些孩子的接待。

"你们知道，这座古城有多少年历史了？"

"一千年前，这里住人。"还是那个胖男孩回答我。

"一千年不住人，这些房屋为什么还在呢？"这问题刚吐出口，我就有些后悔了——连我自己也无法弄明白的问题，怎么问这些小男孩呢!

胖男孩抬起头来，对着强烈的阳光眨巴着一对深棕色的大眼睛，突然得意地笑了："因为它，太阳。这里不下雨。"

回答得有道理。假如像江南一样年年下几场倾盆大雨，这座用泥土垒起的古城恐怕早就从大漠中消失了。

三个孩子蹦蹦跳跳地走了，我的四周，又是死一般的寂静。他们为什么要离开这里呢——一千年前的高昌人，为什么要遗弃这座繁华的都城？是遭受了突然降临的灾祸，还是不堪忍受那如火的炎阳？也许，这又是一个谜，要考古学家和历史学家们来解答……

不知不觉，已经走到了古城的边缘。举目远眺，我不禁眼睛发亮了——从残缺的城墙缝隙里，涌进来一片清凉的绿色！那是白杨林，是玉米田，是葡萄园。

在茫茫大戈壁中，有许多新的城市正在崛起。从高昌古城出发，我将去寻找它们！

人生妙境

异乡的天籁

夜晚，在离开上海数万里外的南太平洋之岸，半个残缺的月亮从海面上静静升起。天空是深蓝色的，而天空下面的海水，是墨一般的漆黑，星光和月色洒落在海面上，泛起星星点点的晶莹。远方有一条白色的细线，在黑黢黢的水天之间扭动，这是海上卷起的潮峰，它们集聚了大自然神秘的力量，正缓缓地向岸边涌来。风中，传来隐隐的涛声。一只白色的鸥鸟从我身边飞过，像一道闪电，倏忽消失在黑暗之中。

这是澳大利亚维多利亚州一个名叫凯尔斯的海边小镇。这个小镇，离繁华的墨尔本二百多公里，在地图上未必能找到，镇上只有几家小店和旅馆闪着灯火。离开小镇，穿越一片草坪就是海滩。我一个人站在海滩上，站在星空下，站在望不到边际的夜色里，沉浸于奇妙的遐想中。和我一起伫立于海边的，是一棵古老的柏树。斑驳的树皮，曲折的枝干，树冠犹如怒发冲冠，月光把古柏巨大的阴影投在海滩上，如同印象派画家异想天开的巨幅作品。这样的古柏，在中国大多生长在深山古庙，想不到在异域海岸上也能遇到这样一棵古树，这是奇妙的遭遇。树荫中传出不知名的夜鸟的鸣啼，低回婉转，带着几分凄凉。

古树，残月，孤鸦，星光荡漾的海，这样的景象，神秘而陌生，却似曾相识。它们使我联想起唐诗宋词中的一些情境，但又不雷同。这是我以前从未看到过的风景。我就着月光看腕上的手表，是夜里九点，此时，中国是傍晚七点，在我的故乡上海，正是华灯初上的时刻，淮海路上涌动着彩色人流，南京路上回荡着喧闹人声，灯光勾勒出外滩和浦东高楼起伏的轮廓……而这里，完全是另外一种景象。久居都市，被人间的繁华和热闹包围着，很多人已经失去了抬头看看星空的欲望，也忘记了天籁究竟是怎么一回事。此刻，大自然正沉着地向我展示着她本来的面目。

能够沉醉在大自然幽邃阔大的怀抱中，是一种幸运。在天地之间，在浩瀚的海边，我只是一粒微尘，只是这个小镇、这片海滩上的匆匆过客。然而这样的夜晚，这样的情境，却会烙进我的记忆。

在澳洲，很多天然的景象使我陶醉，也使我心灵受到震撼。旅行途中一些不经意间看到的景色，让人难以忘怀。一位澳洲作家曾经这样提醒我："在澳洲，请你多留意这里的海洋。"在飞机上，我曾经观察过澳洲的海岸线，这里有世界上最曲折透迤的海岸，海岸边有平缓的沙滩，也有峻峭的岩壁。在阳光下，金黄的沙滩映衬着蓝得发黑的海水，海滩的金黄是天底下最辉煌的颜色，而海水的蓝色则是世界上最深沉的颜色，这样鲜明强烈的对比，在任何一个画家的笔下都没有出现过。我也一次又一次走到海边，看海浪在礁石上飞溅起漫天雪浪，听涛声在天地间轰鸣，面对着激情四溢的海洋，我却感受到一种无法言传的宁静。也有平静的海湾，海水平静得像一块蓝色水晶，白色的游艇在海面滑动，悠然如天上的白云。凝望着平静的海洋，我却想起了风暴中的海，想起了我曾经在文学作品中读到过的最汹涌激荡的海。海的运动，遵循的是自然永恒的法则，没有人能改变它。这是地球上最神秘的力量。在悉尼的邦迪海滩，我看到了海洋永无休止的运动。

不管气候晴朗还是阴晦,不管是有风还是无风,在这片海滩上永远能看到滔天巨浪,潮头如崩溃的雪山,成群结队呼啸而来,前面的刚刚在海滩上溃散,后面的又轰然而起。冲浪者在潮峰上滑翔,展现着人的勇敢和灵巧。如果把大海的运动比作一部壮阔的交响曲,人在其中的活动只是几个轻巧的音符。

在澳洲的海边旅行时,我也常常被突然出现在眼帘中的大树吸引。很多树我都无法叫出它们的名字,它们千姿百态地站在海边,眺望着波涛起伏的海洋,也向过路人展示着生命的魅力。这些大树的形状没有一棵是雷同的,也没有一棵是丑陋的,无论怎样生长,无论是粗壮的还是清瘦的,高大的还是低矮的,所有的树都显得生机勃勃,树上的每一根树枝都像自由的手臂在空中挥舞,在拥抱清新的阳光和海风。即便是那些枯死的老树,我依然能在虬结的树干和峥嵘的枝杈上感受到生命的力量,能从中想象它们当年的茂盛风华。澳洲的树木中,最常见的是桉树,它们有的独立在草原中,有的成片成林,白色的树干在绿叶中闪烁着光芒。在国内,我也看到过不少桉树,印象中它们都清清瘦瘦,像苗条的少女。而澳洲的桉树却完全不一样。在离菲利普湾不远的公路边,我见过一棵巨大的桉树,树干直径将近两米,四五个人无法将它合抱,树冠覆盖的土地超过一亩。几十个人站在这棵巨大的桉树下,只占据了树荫的一小部分。我曾经走进一片幽深的桉树林,因为树和树挨得太近,白色的树干互相缠绕着,密集的树叶遮住了天光,空气中弥漫着桉树叶的清香。在树上,能看到考拉,也就是树袋熊,这是澳洲人最喜欢的动物。它们悠闲地坐在树杈上,不慌不忙地嚼着桉树叶,并不理会生人的来访。

海边的牧场也是悦目的景观,草原的起伏形成了大地上最柔和的线条,而在草地上吃草的羊群和牛群,仿佛是静止不动地被贴在绿色屏幕上。如果海上有风吹过来,吃草的牛羊应该能听到浪涛拍击海岸的声音，应该能听到树林在风中的低语。但这些草原上的生灵，大概早已习惯了身边的那种安宁，它们已经没有了奔跑的念头。只有野生的袋鼠，箭一般出没在灌木丛中。

一天黄昏，我离开海边一个著名的景点，在暮色中坐车回墨尔本。公路穿越一片丘陵时，车窗外出现了我从未见过的奇妙景象：西方的地平线上，残阳颤动，晚霞如血，东方的天边，金黄的月亮正在上升。道路两边，是广袤无边的草原，羊群、牛群和马群仍站在那里吃草，它们沉静地伫立在自己的位置上，在夕阳和月光的照耀下，入定一般贴在墨绿色的草地上，天色的昏暗丝毫没有引起它们的不安。这是一幅色彩深沉、意境优美的画，是世界上最平和幽静的一幅油画。

四　望星空

人生妙境

人生的美妙境界是什么？

这个问题也许并不那么简单。但在我，却可以毫不犹豫地回答：是沉醉在优美的音乐之中。当无形的音符在冥冥之中翩然起舞，汇成激动人心的旋律把你包围，把你笼罩，把你淹没时，你会忘记人世间的烦恼。你的心会变成鸟，轻盈地飞翔在音乐构成的天空；你的灵魂会变成鱼，自由自在地游弋于音乐汇成的河流……你会融化在音乐中，仿佛自己也化成了音符，化成了音乐的一部分。音乐会使你微笑，使你流泪，使你不由自主地发出深深的叹息，这一切都令人陶醉。音乐像大热天里的丝丝凉雨，轻轻地掸落那飘浮在你心里的灰尘……

音乐无求于你，它只是在空中鸣响。假如你的听觉和心灵之间有一根弦渴望着被拨动，那么，音乐就会变成许多灵巧的手指，把你的心弦弹拨，于是，你的心中便会有绵绵不绝的美妙回响……

当然，音乐，是一个内涵极为丰富的大范畴，个人的兴趣不可能包罗万象。不同的人心目中会有不同的美妙音乐。如果说，凡是音乐便能使我陶醉，那显然荒唐。我喜欢西方古典音乐，譬如：巴赫的庄重安详，贝多芬的热情雄浑，莫扎特的优美典雅，肖邦的飘逸忧伤，柴可夫斯基的深沉委婉……我的心弦无数次地在他们的音乐中颤动。这些音乐，是人类的智慧和感情的最美丽的结晶。作曲家将人类的高尚理想和美好情绪转换成了旋律，这样的旋律无疑是音乐中的精华。我以为，就这一点来看，这些伟大的古典音乐家们的成就已经到了登峰造极的程度，就像中国人用五言或七言来作诗，想要超过李白、杜甫他们一样的不易。我的观念也许陈旧，但我无法改变它。对有些嘈杂刺耳的所谓现代音乐，我怎么也喜欢不起来，它们使我烦躁。我理解中的好音乐应该使人宁静，引人走向美妙的境界。这样的境界在你的人生经历中也许曾出现过，音乐便使你重温这些境界；这样的境界也许只是你的幻想，只是你的梦，你在生活中不可能抵达这境界，而音乐使你的美梦成真。

童年时代做过很多梦，其中最强烈最执着的一个，便是想有朝一日成为音乐家。然而这种向往始终只是一个梦，可望而不可即。

童年时对音乐的迷恋非常具体，那就是对乐器的迷恋。那些拥有乐器并且能熟练地演奏它们，以此来倾吐丰富的内心情感的人，曾是我心目中幸运而又幸福的人。那时最令我讨厌的事情是跟大人去商店购物，当大人们在货架上兴致勃勃挑选商品，而我只能在一边等着，那真是索然无味到了极点。但有一种商店我却是心驰神往，永远不会讨厌，毫无疑问，那是乐器铺。不管是卖新乐器的商店还是寄售乐器的旧货商店，我都是百观而不厌。欣赏着橱窗里的提琴、手风琴、小号、圆号、长笛、黑管、吉他，仿佛是看到了童话中的神灵，尽管它们一个个默然无语，但我可以一一想象出属于它们的悦耳动听的声音。假如在店堂里遇上几个前来选购乐器的顾客，那简直可以使我心花怒放。选购者调试乐器奏出的乐声，在我听来真是美妙无比的音乐，哪怕只是用手指在小提琴或吉他的弦上弹拨几下，那声音也会在店堂里发出悠长神奇的回响，使我心迷神醉。

第一次接触的乐器是口琴。那是一个亲戚送给我的一把旧口琴，其中还断了几根簧片，它成了我的宝贝。当我摸索着用它吹奏出断断续续的曲调时，兴奋得手舞足蹈。上小学后，父亲为我买了一把新的国光牌口琴。记得曾在学校的联欢会上表演过口琴独奏，当听到同学们的掌声时，心里不免有几分得意。后来觉得口琴太小儿科，一心想学拉小提琴。然而小提琴比口琴昂贵得多，要想得到一把不那么容易，只能站在乐器铺的柜台前望琴止渴。读初中的时候，终于有了一把小提琴。我的哥哥用他工作后第一次领到的工资为我买了这把提琴，花了十二元钱，在当时这可不算个小数目。这是一把没有牌子的旧提琴，被岁月熏成棕黑色的琴面上有一条裂缝，弓上的马尾鬃断了四分之一。它的音色却出奇的洪亮，远非那些光可鉴人的新提琴所能相比。收到哥哥的这件礼物时，我的激动和兴奋是难以用言辞表述的，从来没有一件礼物曾给我带来那么多的欢乐。记得当时刚读过波兰作家显克微支的短篇小说《小音乐家扬科》，小说中那个酷爱音乐的孩子因为摸了摸主人的小提琴，竟被活活地打死。我觉得，假如和那个不幸的波兰孩子相比，我简直是一个幸运的大富翁了。我的周围没有人能教我拉琴，但这并不妨碍我在那四根银弦上倾诉我对音乐的渴望和热爱。后来到崇明岛"插队落户"时，在我简单的行囊中就有这把老提琴。在那一段孤独、艰苦的岁月中，这把老提琴和许多书籍一样，成了我的忠实亲切的朋友，为苍白的生活增添了些许色彩。

我和音乐的缘分只是到此为止。我只能以一个爱好者的身份在音乐的殿堂门口流连。被束之高阁的口琴和提琴只能勾起我对童年时代的回忆，回忆起当年想成为音乐家的那个美丽而又缥缈的梦。当我老态龙钟的时候，这些回忆依然会清晰如昨日，把我带回到一生中最富有诗意的时光……

不过，音乐作为人生旅途上的一个朋友，它从来没有抛弃过我。

当我需要它的时候,它总是翩然而至,只要打开录音机,打开音响,只要在音乐厅里坐下来,它就会一如既往地把我笼罩,把我淹没,荡涤我心中的烦躁,把我引进一个又一个新的奇妙无比的境界。

我曾经写过不少和音乐有关的诗文,但我更喜欢苏联诗人阿赫玛托娃写给肖斯塔科维奇的那首题为《音乐》的诗,她把对音乐的感受表达得如此深刻形象而又简洁凝练,使我忍不住抄录下来为我这篇短文作结尾:

> 神奇的火在它体内燃烧,
> 它的目光闪烁出无数变幻,
> 当别人不敢走近我的时候,
> 唯独它敢来跟我说话。
> 最后一个朋友也把目光移开,
> 那时,它会在墓中为我做伴,
> 它像第一声春雷放声歌唱,
> 又像所有花朵同时在交谈。

流水和高山

在宁静的西湖畔,凝视波光潋滟的水面,我的心里回荡着音乐。

在九寨沟,欣赏那些水晶一般清澈晶莹的流水时,我的心里回荡着音乐。

在黄山,惊叹着群山千姿百态的变化时,我的心里回荡着音乐。

在黄河边上,看那混浊的急流翻卷着旋涡滔滔奔泻,我的心里回荡着音乐。

在峨眉山顶,俯瞰着在翻腾的云海中起伏的群山,我的心里回响着音乐。

坐船经过长江三峡的时候,面对着汹涌的急流和峻峭的危岩,我的心里回响着音乐。

……

面对着流水和高山,我想起了人类历史上两位最伟大的音乐家,他们是贝多芬和莫扎特。

也许有人会说,置身于中国的山水,你的心里为什么会回荡外国人的音乐?我想,答案其实很简单,美好的音乐没有国界,它们无须翻译,无须解释,便能毫无阻拦地逾越语言和民族的藩篱,沟通人类的心灵，拨动情感之弦。在大自然奇妙的韵律中，想起这两位音乐家，在我是情不自禁的事情，听他们的音乐时，我不觉得他们是外国人，只感觉他们是和我一样的人，他们用音乐表达对世界和生活的看法，用音乐抒发他们心中的诗意。他们的音乐感动了我，激励了我，他们的音乐把大自然和人的情感奇妙地结合为一体，使我恍然觉得自己也成了大自然的一部分，成了音乐中的一个音符。记得很多年前，在一些愁苦的日子里，我把自己关在屋子里，一遍又一遍倾听莫扎特的钢琴协奏曲，从他儿时创作的《第一钢琴协作曲》，一直到他晚年写的《第二十七钢琴协奏曲》，听这些优美的钢琴曲，如同沿着一条迂回在幽谷中的溪涧散步，清凉晶莹的流水洗濯着我的疲惫的双脚，驱散了我心头的烦恼。

　　莫扎特的音乐如同清澈的流水，在起伏的大地上流淌。这流水时而平缓时而湍急，然而它们永远不会失去控制，始终保持着优美的节奏，它们在风景如画的旅途上奔流，绿荫在它们的脚下蔓延，花朵在它们的身边开放，百鸟在它们的涛声中和鸣，有时，也有凄凉的风在水面吹拂，枯叶像金黄的蝴蝶，在风中飘舞……这样的景象，绝不会破坏它们带来的美感。莫扎特的旋律中有欢乐，也有悲伤，但，没有发现他的愤怒。莫扎特可以把人间的一切情绪都转化为美妙动人的旋律，甚至他的厌恶。这是他的神奇所在。他的追求，何尝不是艺术的一种理想的境界？在人类艺术的长河中，有几个人能达到这样的境界？莫扎特为法国圆号写过几首协奏曲，都是为当时的一个业余法国圆号演奏家所作。莫扎特看不起这个没有受过多少教育的演奏家，在写给他的曲谱上，莫扎特用"笨驴、牛、笨瓜"这样的词来称呼这位演奏家，其厌恶之心溢于言表。然而不可思议的是，他在曲谱上写出的旋律，却是人间少有的优雅的音乐，这些音乐当时就让人着迷，它们一直流传到现在，能使现代人也陶醉在它们那迷人的旋律中。所以有人说，莫扎特是上帝派到人间来传送美妙音乐的特使。我想，只要人类存在一天，莫扎特的音乐就会存在一天，人世间的变化再大，人类也不会拒绝莫扎特的音乐，就像人类永远不会离开奔灈的流水。

曾经听到一些自称喜爱音乐的人宣称：不喜欢莫扎特。莫扎特太甜美。仿佛喜欢了莫扎特，就是一种浅薄。这样的看法使我吃惊。在人类的历史上，有哪个音乐家为这个世界创造了如此丰富众多的美妙旋律？创造美，竟然可以成为一种罪过，岂不荒唐。我听过莫扎特生前创作的最后几部作品，他的《第四十交响曲》，他的《安魂曲》。这些在贫病交迫的境况中写成的音乐，把忧伤和困惑隐藏在优美迷人的旋律中，听这些旋律，只能使人对生命产生依恋，只能对生活产生憧憬。一个艺术家，面对着穷困和死神，依然为世界唱着美丽的歌，这是怎样的一种境界？把这样的境界称之为"浅薄"，那才是十足的浅薄。

听贝多芬的交响曲，很少有人不被他的激情所振奋。即便是那些对音乐没有多少了解的人，也能在他气势磅礴的旋律中感受到生机勃勃的力量，感受到一种居高临下，俯瞰大地的气概。就像读杜甫的《望岳》，"会当凌绝顶，一览众山小。"音乐家把心中的音符倾吐在乐谱上时，灵魂中涌动着多少澎湃的激情？贝多芬的其他曲子，也有相似的特点。我很难忘记第一次听贝多芬的《第五钢琴协奏曲》时的印象，当钢琴高亢激昂的声音突然从协奏的音乐中迸出时，我的眼前也出现了流水，不过这不是莫扎特的那种缓缓而动的优雅的流水，而是从悬崖绝壁上倾泻下来的飞瀑，是从高耸入云的阿尔卑斯山上一泻千里的急流，这急流裹挟着崩溃的积雪和碎裂的冰块，它们互相碰撞着，发出惊天动地、惊心动魄的轰鸣。我无法理解，这样的音乐，为什么会有《皇帝》这么一个别名，不喜欢皇帝的贝多芬，难道会喜欢用《皇帝》来为这样一部激情铿然的作品命名？如果用《阿尔卑斯山》

作为这部钢琴协奏曲的名字,该是多么贴切。在莫扎特的音乐中,似乎很少出现这样强烈的、激动人心的声音。如果是莫扎特的河流,他不会让流水飞泻直下,也不会让那些冷冽的冰雪掺和在他的清澈的流水中,他一定会寻找到几个平缓的山坡,让流水减慢速度,委婉地、迂回曲折地向山下流去。这样的流水,当然也是美,不过这是另外一种韵味的美。

在贝多芬的音乐中,我很自然地联想起那些高耸入云的山峰,它们以宽广深沉的大地为基础,以辽阔的天空为背景。它们像自由不羁的苍鹰俯瞰着大地,目光里出现的是大自然的雄浑和苍凉,是人世间的沧桑和悲剧。只有那些博大的灵魂,才可能描绘这样气势浩大的景象。

然而,贝多芬的山峰绝不是荒山。他的山峰上有蓊郁的森林,也有清溪流泉。他的钢琴奏鸣曲《月光》,便是倒映着清朗月色的高山湖泊,他的那些优美的钢琴三重奏,便是清澈的山涧,在幽谷中蜿蜒流淌……当音乐跌宕起落,震天撼地时,他的山峰便成了洪峰汹涌的峡谷,轰然喷发的火山。

曾经听一位西方的指挥家这样评论贝多芬:他把心中的愤怒、焦灼和困惑直接用音乐宣泄出来。在他之前,还没有人这样做。这就是现代音乐和古典音乐的分界。这样的结论,对于音乐史或许有些武断,但作为对贝多芬的评价,却一点没有错,这大概正是贝多芬对现代音乐的贡献。把心中那些复杂焦虑的情绪化为音乐的旋律,也许改变了古典的和谐优雅,使有些人觉得惊愕,觉得不那么顺耳,然而这种复杂心情,绝非贝多芬一人心中所独有,他用如此强烈激荡的形式把这种心情表达了出来,当然能使无数人产生共鸣。对那些萎靡不振、沮丧悲观的灵魂,贝多芬的音乐是一帖良药。正如萧伯纳在《贝多芬百年祭》所说:他不同于别人的地方,就在于他那令人激动的性格,他

流水和高山

能使我们激动,并把他那奔放的激情笼罩着我们。贝多芬的音乐是使你清醒的音乐。

如果有人问我:面对着这样的流水和这样的高山,你更喜欢谁?我很难回答这问题。最近读法国钢琴家大卫·杜波的《梅纽因访谈录》,书中,大卫·杜波问梅纽因:在贝多芬和巴哈、莫扎特之间,谁更伟大?这问题使梅纽因颇费神思。他这样回答:"我没有必要把他们摆到同一水平线上去衡量,但我的生活中的确不能缺少他们之中的任何一位,除了贝多芬,我也不能没有莫扎特、巴哈、舒伯特及其他许多人。"我想,在音乐的世界里,不能没有贝多芬,也不能没有莫扎特,少了他们两位中的任何一位,这世界就是残缺的。在这两个音乐大师中,谁也无法下结论说哪个更伟大,更了不起。就像在评价中国的唐诗时,你很难说李白和杜甫这两位大诗人中,谁更伟大,谁更了不起。如果把莫扎特比作流水,那么,贝多芬就是高山。流水和高山,都是大自然中最精彩的风景,流水的活泼清逸和高山的峻拔秀丽,同样令人神往。我们的大地上,不能没有流水,也不能没有高山。高山和流水,常常是那么难以分割地连在一起。高山因流水而更显其伟岸,流水因高山而更跌宕活泼。没有高山,也就不会有流水,而没有流水的高山,则必定是荒山。我并不关心人们怎样为莫扎特和贝多芬的音乐风格定义。古典主义也罢,浪漫主义也罢,这些的帽子,怎么能罩住音乐塑造的丰富形象和复杂微妙的情感?

听莫扎特的音乐,你可以坐下来,静静地欣赏,犹如面对着水色潋滟、风光旖旎的湖水。你会情不自禁地陶醉在他的音乐中,让想象之翼作彩色的翔舞。

听贝多芬的音乐,令人激动,令人坐立不安。在那些跌宕起落的旋律中,你仿佛急步走在崎岖的山道上,路边万千气象,让你目不暇接。你也很可能产生这样的担忧:前面,会不会突然出现一个悬崖,会不会一失足跌落进万丈深渊？

这样的境界，都是诗意盎然的人生境界。

是的，莫扎特和贝多芬，常常使我想起中国的李白和杜甫。李白和杜甫虽然都生活在盛唐，却是一前一后，擦肩而过。然而两个人的诗歌一起留了下来，成为那个时代留给世界的最响亮最美妙的声音。李白和杜甫相处的时间极短，却互相倾慕、互相理解，并将文人间这种珍贵的友谊保持终生。"白也诗无敌，飘然思不群。""笔落惊风雨，诗成泣鬼神。"这是年轻的杜甫对李白的赞叹。"不愿论簪笏，悠悠沧海情。"这是诗人对诗艺和友情的见解。而李白一点也没有因为年长于杜甫而摆架子，两人结伴同游齐鲁，陶醉于山水，分手后，互寄诗笺倾诉别情。李白诗曰："思君若汶水，浩荡寄南征。"杜甫也以诗抒怀："寂寞书斋里，终朝独尔思。""罢琴惆怅月照席，几岁寄我空中书？"李杜之间的友情一如高山流水，绵延不绝。莫扎特和贝多芬也是同一时代的两位大师。对贝多芬来说，莫扎特是长者，是前辈，在艺术上，贝多芬对莫扎特满怀敬意，称他是"大师中的大师"。尽管他对莫扎特的生活态度不以为然。而莫扎特生前听到尚未出道的贝多芬的曲子后，也曾真诚地预言说："有一天，他会名扬天下。"较之李白和杜甫，莫扎特和贝多芬之间的交流也许更少，两人之间大概也谈不上有什么友谊，但是作为音乐家，他们的心是相通的。在莫扎特《天神交响曲》震撼天地的旋律中，贝多芬大概终于忘记他所有的成见，因情感共鸣而手舞足蹈了⋯⋯

莫扎特和贝多芬的时代早已远去。欣赏音乐的现代人恐怕不会去计较作曲家当时的身份，也不会去追索他对当时的皇帝持什么态度，更不在乎他当时穿的是"宫廷侍从的紧腿裤"，还是"激进共和主义者的散腿裤"。重要的是音乐本身，如果音乐家在作品中阐述了他对美的特殊理解，倾诉了他美妙的真情，那么，他的音乐就会长久地拨动听者的心弦。因为，他留下的旋律，是人类的心声，是美好感情的结晶，它们不会因为岁月的流逝而消失，也不会因为世事的更迁而变色。最无情的是时间——多少名噪一时的艺术，被时间的流水冲刷得一干二净，原因无他，因为它们不是真正的艺术。最公正最有情的也是时间——生时被误解，被冷落，死时连一口棺材也买不起，然而他的音乐却随岁月之河晶莹四溅地流向了未来。时间对他们来说绝不是坟墓，而是功率无穷的扬声器。

高山巍巍，流水潺潺。能在莫扎特和贝多芬的音乐中徜徉于美妙的高山流水，真是人类的福分。

人生妙境

说风雅

风雅这个词最初的源头,大概起于《诗经》吧。风、雅、颂,是诗经三部分的名字,风是民歌田歌,雅是典雅之乐,颂就是颂歌,后人取前两个字,风和雅,组成风雅这样一个词,这是汉字的奇妙。颂歌并不是人人爱唱,更不是人人爱听的,千百年来,一直如此。所以,风雅这个词,绝不会被"风颂"或者"雅颂"替代,这也是人心所向,约定俗成的事情。

何为风雅?千百年来,中国人一直在丰富着这个词的内涵。俞伯牙和钟子期高山流水识知音,那是一种风雅;陶渊明"采菊东篱下,悠然见南山",也是一种风雅;王羲之聚友兰亭,曲水流觞,斗酒吟诗,又是一种风雅;李太白"花间一壶酒,独酌无相亲,举杯邀明月,对影成三人",是一种风雅;苏东坡"老夫聊发少年狂,左牵黄,右擎苍",也是一种风雅;古人读书吟诗、下棋抚琴、玩水赏月,都是风雅的举动。

以前有人这样说:"雅士琴棋书画,俗人柴米油盐"。把柴米油盐和风雅对立,其实很没有道理。会琴棋书画的人,怎么离得开柴米油盐呢?没有柴米油盐,连果腹都成问题,哪里有力气去摆弄琴棋书画。

是人,都难免世俗,要挡风遮雨住房子,要御寒保暖穿衣服,要吃饭,要喝水,这是做人的基本需要,无法避免的。风雅,似乎是衣食无忧之后的闲情逸致,是一种精神的追求,是一种做人的情调。现代人所说的风雅,和古人的风雅,在本质上仍然是一脉相承的。

　　风雅的反义词和对立面,应该是粗俗和庸俗。何为粗俗?何为庸俗?这是无须多解释的,一切没有修养,没有文化的行为,一切虚伪和夸张,一切损人利己或者损人不利己的行为,都是粗俗和庸俗。知道粗俗和庸俗是什么,反过来也会对风雅认识得更明晰更深刻。

　　风雅,和钱财的贫富并没有必然的关系。清贫者,可能以他独特的方式显示出风雅来。烛火下读一卷旧书,陋室里养一盆幽兰,喧嚣中听一首名曲,只要会心用情,都不失为风雅之士。而有些腰缠万贯的富豪,尽管衣冠楚楚,名车代步,挥手间黄金钻石光芒夺目,然而他们的眉飞色舞和颐指气使,却和风雅沾不上一点边。

　　风雅是心灵的需要,是精神的寄托,是情感的交流,是发自内心的真实寻求。有一个和风雅相关却与风雅相悖的成语——附庸风雅,这个成语在生活中使用的频率也许超过风雅这两个字。附庸风雅,其实也是庸俗。附庸风雅的风雅,是装出来的,是把风雅像标贴一样贴在庸俗上的东西。譬如明明胸无点墨,平时也根本没有读书的兴致,却偏要在新装修的房子里辟出豪华的书房,高大书架上,摆满了精装的书籍——它们的功能,仅仅是用来装饰。再譬如,明明对艺术一窍不通,也并不喜欢,却常常故作优雅出入于和艺术有关的场所……

　　不过,我还是要为"附庸风雅"说几句好话。附庸风雅,是因为知道风雅是好东西,知道和风雅沾边能提高做人的层次,也可能赢得别人尊重,所以愿意花力气去追求风雅。这总比沉迷于粗俗和庸俗好,比拒绝排斥风雅好,"附庸"的时间长了,也许会真的风雅起来。

　　风雅与否,对于一个人,对于一个城市,道理其实是一样的。城市建设发展了，如果不考虑文化建设，不考虑提高人的精神文明水平，那么，这个城市再繁华、再热闹、再高楼林立、再科技发达，它也可能是贫瘠的、荒蛮的、落后的。一个从德国来的朋友告诉我，德国战败后，德国的城市大多都被愤怒的苏联红军和盟军的炮火炸为一片废墟。战后的重建，对德国人来说是一件既艰难又痛苦的事情。战争狂人希特勒几乎毁灭了德国，但德国人民的生活必须重新开始。有一个细节，可以载入历史：饥寒交迫的德国人在重建他们的城市时，最先考虑的，竟然是音乐厅和歌剧院，市民们饿着肚皮，为修建歌剧院义务劳动。这不是附庸风雅，而是渴望风雅。这种对风雅的追求，可以说是深入到了血液和骨髓之中。有着这样素养和精神的民族，未来的前景是不可能黯淡的。

  我们的海派文化，其实正是一种倡导风雅的文化。海纳百川的雅量，追新求美的风尚，让真善美渗透进生活的所有领域，是海派文化的核心。我们周围正在发生的一些变化，大概都是和风雅有关的。风雅，离我们的生活还有多少距离呢？城市里的绿地越来越多，水泥高楼间也有了鸟语花香；人们对美和个性有了越来越多的追求，从建筑的式样，到人们身上的服饰；艺术在人们的生活中占据的空间也越来越多，艺术展演的信息雪片般飘飞在城市的每个角落；上海书展人头涌动，书香在年轻人的手中传递……说我们的生活已经是风雅的生活，为时尚早，粗俗和庸俗还随处可见。然而，追求风雅已经渐成风气，这应该让人欣慰。

  愿更多的人风雅起来，愿我们的生活一天天风雅起来。

人生是一本书

人生是什么?

有人说,人生是一场赛跑,人人都在追赶着自己的目标,一辈子步履匆忙,气喘吁吁,却永远也无法抵达你心中的终点。

有人说,人生是一次旅游,你降临到这个广阔丰繁的世界,一生一世就在天地之间游历。有人云游四海,浪迹五洲,熟视人间百态,阅尽世事沧桑,有的人却如井底之蛙,穷尽一生,只看见头顶一方狭窄的天空。

有人说,人生是一次赌博,所有的幸福和成就,所有的悲剧和失落,都是赌博的结果。

有人说人生是一场梦,你身上和你周围发生的一切,喜怒哀乐,荣辱沉浮,都不过是梦境,一切都是虚幻,一切都转瞬即逝。

也有人说,人生是一本书,这本书的作者,就是你本人。

人生是一本书。我欣赏这种说法。

那么,人生一本怎么样的书呢?有的人一生坎坷,历尽磨难,但他的人生之书却引人入胜,使人百读不厌。有的人飞黄腾达,青云有路,然而他的人生之书却字迹歪斜,不堪卒读。有的人一生平平淡淡,没有跌宕起伏，没有惊涛骇浪，然而他的人生之书却丰富细腻，犹如曲径通幽的花园。有的人一生叱咤风云，指点江山，在生活的舞台上出演了一出又一出万人瞩目的悲喜剧，他们的人生之书却常常含混不清，使读者不得要旨……

每一个人的人生之书都是不一样的，世界上有多少人，就有多少本不同的人生之书，绝不会有一本重复。这本书，你天天在写，你周围的人天天在读。只要生命在延续，这本书就要一页一页由你自己往下写，一页一页被世人往下读。

时光不可能倒流，人间也没有后悔药。经历过的事情，无法重复，更无法再来一次。你的人生之书既然已经打开，既然已经翻过去很多页，那么，且不要管翻过去的那些内容，注重即将翻开的新的页码吧。

我想，一个人，如果曾经认真地生活过，追寻过，思索过，真心诚意地爱过，奋不顾身地拼搏过，那么，不管你的地位如何，不管你的境遇如何，不管你是一贫如洗还是万贯缠身，你的人生之书不会苍白虚浮。

愿你的枝头长出真的叶子

一

记得有一位散文家说过：语言是什么？语言好比是叶子，点缀在你思想的枝头。假如没有这些绿莹莹的可爱的叶子，谁会对你那光秃秃的枝干发生兴趣？

说得好极了。散文的魅力，在很大程度上取决于文章的语言；枯涩的、干巴巴的乏味的语言，不可能组合成动人的篇章。真正的散文家，必须是驾驭文学语言的大师，他们的枝头，一定有着水灵灵的、生机勃勃的叶子，使人一看见眼睛就发亮。

我因此而产生了很多联想呢！读我所喜爱的大师们的散文时，我的眼前常常会出现一些树来：鲁迅——时而是一株参天古银杏，在灿然的夕照中悠然摇曳着茂密的绿叶；时而是一株枸骨，在严寒中凛然挺着不屈的利刺。朱自清——那是一株朴实而又优雅的梧桐，那些阔大的树叶在阳光下飘动时，使人感到可亲可近；当月亮升起以后，它们会变得无比美妙。陆蠡——一棵精巧的常春藤，那些柔弱美丽的叶子在幽暗中顽强地伸向阳光……泰戈尔——那是一株南国的菩提树，在那些我无法确切描绘形状的叶瓣下，隐蔽着神秘的果子。阿索林——一棵西班牙的丁香树，晚风里飘荡着那绿叶的清芬。卢森堡——一棵秋天的红枫，每一片红叶都像一团火，优美地燃烧……

也许你以为我想得玄乎，不信，你可以自己试一试。

二

我也因此而钻过牛角尖呢！我曾经以为华丽的语言便是一切，只要拥有丰富的辞藻，只要善于驾驭语言，就可以写成美妙动人的散文。

我曾经苦苦地想着，怎样使我的叶子丰满起来，缤纷起来。我要变成一棵绿叶繁茂的大树！于是，我曾经有过一本又一本"描写词典""佳句摘录"，有过雪片似的词汇卡片……

我的文字，也确乎华丽过一阵——写日出，可以用数十个形容词渲染早霞的色彩；写月光，可以清冷冷地抖出一大堆晶莹的、闪光的词汇，而且博引古今，从李太白"举头望明月"、苏东坡"把酒问青天"，一直到贝多芬的《月光奏鸣曲》……这些华丽而又缤纷的文字，先后被我扔进了废纸篓，因为，没有人爱读它们，我自己，也无法被它们打动。年少的朋友说：太花哨了，没什么意思。年长的行家说：没有真情，没有你自己！

我的心里咯噔一下，就像有一阵强劲的秋风狠狠吹来，一下子扫落了我从许多树上摘来披在自己身上的叶子。哦，这些叶子，不是属于我的！我光秃秃了，只剩下几根可怜的枝干。

没有真情，没有你自己！年长的行家道出了我的症结。披一身花花绿绿的假叶子，怎么会不让人讨厌！

我只顾到处找叶子，竟忘记了自己的枝干！真的，属于我自己的叶子，只能从我自己的枝头长出来！用自己枝干中的水分、营养催动那些孕在枝头的嫩芽，让它们挣破羽壳，展开在阳光下，不管它们是圆圆的还是尖尖的，不管它们是阔大的还是细小的，它们总是有别于其他树叶，它们才是属于你自己的。正因为如此，它们才可能吸引世人的目光。当然，知音永远只是一部分人。

于是我努力地在自己的枝头培育自己的叶子。那些由我辛辛苦苦采撷来的、被秋风扫落的华美的叶子，并非一无所用，它们堆集在我的根部，变成了丰富的养料，我用我的逐渐发达的根须努力吸收它们，使它们融入我的躯干——长出我自己的叶子需要它们。终于有一点叶子，从我的枝头长出来了……

我继续写散文。我努力用自己的口吻倾吐我对生活、对人生的感受和思索，倾吐我的爱，我的恨，用我自己的语言描述我的所见所闻。怎么看，怎么想，就怎么说。似乎不如从前缤纷了，但这是真的叶子。

三

是的，只有那些表达着、蕴涵着真情的语言，才是真正的散文语言，只有用这样的语言才能组合成真正的好散文。

不要以为它们都是色彩缤纷，绝不是这样的。试想，假如每棵树上都一律长满花花绿绿的七色叶子，森林必将失去它的魅力。

谈到散文的语言时，巴乌斯托夫斯基曾经这样讲：

> 散文的辞藻开着花，发着光，它们时而像草叶一样簌簌低语，时而像泉水一样淙淙有声，时而像鸟一般啼啭，时而像最初的冰一样发出细碎的声音，也像星移一般，排成缓缓的行列，落在我们的记忆里……

单纯，比光辉、缤纷的色彩，孟加拉的晚霞，星空的闪烁，比那些好像强大的瀑布——像整个由树叶和花朵做成的尼亚加拉瀑布以及皮上有光彩的热带植物，对内心的作用还要大……

四

　　很偶然地读到温·丘吉尔的《我与绘画的缘分》。这位叱咤风云的英国首相，居然也写过散文。他当然不在散文大家之列，可《我与绘画的缘分》却结结实实地抓住了我，我喜欢它，它不同一般。他的语言是明白晓畅的，接近于朴实无华，就像随随便便和朋友聊天，谈往事，谈他对绘画的热爱和理解。然而他的机智、敏锐、顽强不屈，甚至他的勃勃雄心，却可以从那些平平淡淡的语言里流出来，闪出来，蹦出来。如果用树做比喻的话，我不知道该把他比作什么树，正像我叫不出植物园里的许多树一样，这毫不足怪。然而它的叶子与众不同，有特点，有个性，我能在万木丛中一眼认出它来。而有许多写过不少散文的作家，我却无法在丛林中辨认它们，也许这就是所谓"性格的力量"吧！我们不妨学学丘吉尔，在追求散文语言的个性化上下一番功夫。

　　是的，光吐露真情还不够，必须尽可能充分地展现个性，有个性才能自成风格。我想，世界上有多少树，有多少形形色色的叶子，就应该有多少风格迥异的散文语言。只要长在坚实的枝头上，所有的叶子都会有它的动人之处。当白玉兰树以阔大的绿叶迎接着雨滴，为能发出古筝般的奇响而骄傲时，小小的黄杨也正用瓜子般的小圆叶托起雨滴，像捧着无数亮晶晶的珍珠；当香山的黄栌以火一般的红叶燃遍群山的时候，山脚下的银杏也正用金黄的叶瓣吸引游人的目光……

五

朋友，如果你写散文，你不妨翻开你的稿笺，观赏一下你自己的叶子，看看它们是不是真正属于你的。

愿你的枝头长出真的叶子来！

人生妙境

望星空

童年时,常在夏夜仰望星空,那是记忆中神奇的时光。生活在上海这样的都市,只能从楼房的夹缝中看见巴掌大的天空,但这并不妨碍我对夜空的观察。儿时调皮,也大胆,在炎热的夏夜,家里闷热睡不着,便一个人悄悄走到晒台上,爬上屋顶,在窄窄的屋脊上躺下来。这时,头顶的夜空突然变得阔大幽邃,星星也繁密了,星光也清亮了,平时看不见的银河,从夜空深处静静地流出来。身畔有夜鸟和飞蛾掠过,轻声的鸣叫,伴随着羽翼振动,梦一般飘忽。如果有流星滑过夜空,我会轻声发出惊叹……这时,心里很自然想起背诵过的一些古诗,诗中也有星空。我想,古人看见的夜空,和我看见的夜空,应该是一样的吧。至今仍记得当年常想起的那几首诗。

一首是刘方平的七绝《月夜》:"更深月色半人家,北斗阑干南斗斜。今夜偏知春气暖,虫声新透绿窗纱。"这首诗,仿佛就是写我仰望星空的景象。四句诗,前两句写夜空,月色星光,伴随时光流转,后两句写大地,暖风拂面,春色轻盈,天籁荡漾,令人心驰神往。

一首是杜牧的七绝《秋夕》:"银烛秋光冷画屏,轻罗小扇扑流萤。天阶夜色凉如水，卧看牵牛织女星。"这是我最喜欢的唐诗之一，诗中安谧美妙的情景，使我感觉熟悉亲切，也引起我无穷的联想。尤其是"天阶夜色凉如水"一句，说不出的传神和形象，夜空如深不可测的海洋，波澜漾动，多少遥远的人物和故事，都涵藏在其中，缥缈而神秘。

杜牧的《秋夕》，使我想起郭沫若的诗《天上的街市》，那也是儿时喜欢的诗篇：

> 远远的街灯明了，
> 好像闪着无数的明星。
> 天上的明星现了，
> 好像点着无数的街灯。
> 我想那缥缈的空中，
> 定然有美丽的街市。
> 街市上陈列的一些物品，
> 定然是世上没有的珍奇。
> 你看，那浅浅的天河，
> 定然是不甚宽广。
> 那隔河的牛郎织女，
> 定能够骑着牛儿来往。
> 我想他们此刻，
> 定然在天街闲游。
> 不信，请看那朵流星。
> 是他们提着灯笼在走。

我曾想，郭沫若写这首诗时，应该也是在这样的夏夜，仰望着星空，他的心里，大概也会想起杜牧的诗吧。记得我模仿写过类似的诗，幻想自己变成一颗流星，滑过夜空，在瞬间看到无数天上的景象。尽管写得幼稚，却是我和缪斯最初的亲近。

除夕诗意

去年除夕夜,手机中收到来自天南海北的贺年短信,这是新时代的贺年方式。女诗人舒婷发给我的短信与众不同,不是时髦的祝词,而是孔尚任的一首七律:

> 萧疏白发不盈颠,守岁围炉竟废眠。
> 剪烛催干消夜酒,倾囊分遍买春钱。
> 听烧爆竹童心在,看换桃符老兴偏。
> 鼓角梅花添一部,五更欢笑拜新年。

孔尚任这首诗,题为《甲午元旦》,其实还是写除夕夜的欢乐情景,全家围炉守岁,喝酒,发压岁钱,放爆竹,换桃符,诗中的气氛欢乐而浓郁。这是我喜欢的一首写除夕守岁的诗。古人诗中,表现除夕之夜欢乐景象的诗不少,譬如白居易的《三年除夜》:"晰晰燎火光,氤氲腊酒香。嗤嗤童稚戏,迢迢岁夜长。堂上书帐前,长幼合成行。以我年最长,次第来称觞。"白居易的除夕诗,和孔尚任的《甲午元旦》异曲同工,描绘了一个大家庭一起喝酒守岁的情景,有火光,有酒香,有歌声,好不热闹。此诗的后四句,朴素如白话,却是一幅过年的风俗画:全家老幼按辈分排着队,来给最年长的诗人敬酒拜年。

不过,读古诗多了,发现古人写除夕的诗,还是情绪悲苦的居多。动荡战乱年代,每逢过年,更添几分愁思。且看唐人高适在旅途中写《除夜作》:"旅馆寒灯独不眠,客心何事转凄然?故乡今夜思千里,霜鬓明朝又一年。"这样的除夕,没有一点过年的欢乐气氛,身在异乡,孤身羁旅,面对寒灯思念故乡,感慨岁月飞逝,霜染鬓发,生命老去。另一位唐代诗人来鹄也写过《除夜》:"事关休戚已成空,万里相思一夜中。愁到晓鸡声绝后,又将憔悴见春风。"这首诗,和高适的《除夜作》情绪和意境相近,一个哀叹"霜鬓明朝又一年",一个担心天亮后"又将憔悴见春风"。戴叔伦也曾在旅途中过除夕,他的《除夜宿石头驿》,和前面两首诗情调类似:"旅馆谁相问?寒灯独可亲。一年将尽夜,万里未归人。寥落悲前事,支离笑此身。愁颜与衰鬓,明日又逢春。"在除夕之夜,如果读到的都是这样的诗,恐怕会破坏了过年的喜气。然而国难兵灾之时,过年总是忧患多于喜气。记得当年在乡下"插队落户"时,一次偶然读到清人黄景仁的《癸巳除夕偶成》:"千家笑语漏迟迟,忧患潜从物外知。悄立市桥人不识,一星如月看多时。"在海岛长堤上独自仰望星空,吟诵着这样的诗句,心里生出愁绪,也生出感动和共鸣。

文人过年,还是不忘文章事。明代才子文徵明写过《除夕》,是一个文人生活的写照:"人家除夕正忙时,我自挑灯拣旧诗。莫笑书生太迂腐,一年功事是文词。"在书房里读这样的诗,使我面对着书和电脑会心一笑。

光 阴

谁也无法描绘出他的面目。但世界上到处能听到他的脚步。

当枯黄的树叶在寒风中飘飘坠落时,当垂危的老人以留恋的目光扫视周围的天地时,他还是沉着而又默然地走,叹息也不能使他停步。

他从你的手指缝里流过去。

从你的脚底下滑过去。

从你的视野你的思想里飞过去……

他是一把神奇而又无情的雕刻刀,在天地之间创造着种种奇迹。他能把巨石分裂成尘土,把幼苗变成大树,把荒漠变成城市和园林。他也能使繁华之都衰败成荒凉的废墟,使闪亮的金属爬满绿锈,失去光泽。老人额头的皱纹是他镌刻出来的,少女脸上的红晕也是他描画出来的。生命的繁衍和世界的运动全都由他精心指挥着。

他按时撕下一张又一张日历,把将来变成现在,把现在变成过去,把过去变成越来越远的历史。

他慷慨。你不必乞求,属于你的,他总是如数奉献。

他公正。不管你权重如山,腰缠万贯,还是一介布衣,两袖清风,他都一视同仁。没有人能将他占为己有,哪怕你一掷千金,他也绝不会因此而施舍一分一秒。

你珍重他，他便在你的身后长出绿荫，结出沉甸甸的果实。你漠视他，他就化成轻烟，消散得无影无踪。

有时，短暂的一瞬会成为永恒，这是因为他把脚印深深地留在了人们的心里。

有时，漫长的岁月会成为一瞬，这是因为风沙淹没了他的脚印。

贵在创造

小时候,喜欢读书。不管什么书,拿到就读。书读得多,见识自然就广,写起作文来也就得心应手。

那还是在读小学的时候,语文老师见我爱读书,便在班上表扬我。我至今还记得他的话:"要想写好作文,就要像赵丽宏那样,多读课外读物。"在作文课上,老师常常将我的作文念出来。私下里,老师还对我提出一个要求,他要我准备几个小本子,在读书的时候,要注意书中精彩的描写,不管是写景的,写物的,还是写人物神态和心理的,都要留意,见到好的词句或者段落,就把它们抄到小本子上。老师的话,我当然老老实实地照办。于是读书时,就把小本子放在旁边,经常往上面抄一些词句。很快,小本子上就抄得密密麻麻,而且抄满了好几本。这样的小本子,很像现在流行的那些写作描写词典,只是没有那么大的规模。当时,有不少同学学我的样,也准备了小本子抄书上的词语。一时蔚然成风。

这样的小本子,开始时确实对我的作文有帮助,我经常可以从中摘录一些用到自己的作文里。然而时隔不久,我就逐渐讨厌这些小本子了。为什么?因为,每次从小本子上往作文本上抄词句时,我总会情不自禁地问自己：我这不是在抄别人的文章吗？这样问得多了以后，我终于开始怀疑这种做法是不是对头。我想，如果是写日出，别人这样写，我为什么要和他写一样的？他能用自己的眼睛观察日出，并且用自己的话把他看到的日出写出来，我为什么不能呢？

尽管我还不敢跟老师说，但我的疑惑和厌烦越来越强烈，终于强烈到再也不愿意往小本子上抄任何书上的词句。然而小本子不能丢掉，因为老师要经常查看它们。怎么办？写自己的东西。于是我开始在小本子上记录自己的所见所闻。譬如碰到下雨，我就观察下雨前天空中发生的变化，观察雨中的街道和花树，也观察行人在雨中的神态和动作。到晚上，就把它们一一详尽地写到我的小本子上。再譬如，白天在路上遇到一个与众不同的人，一个极胖的女人或者一个行动诡秘的人，我会跟在他们的身边身后走一阵，仔细地看他们的表情，看他们的一举一动，到晚上，我就在小本子上把他们"画"下来，当然，这"画"，不是用画笔和色彩，而是用文字。在"画"白天的见闻时，我要求自己尽可能地写得生动，写得和我以前在书中见到的类似情景不一样。这样，小本子上的词句，就都是我自己的语言了。到写作文时，我从中寻找需要用的词语时，心里就感到很坦然，很放心，尽管我的语言常常不如那些文学名著中的语言精彩，但这是我自己的！

这个秘密保持了很长的一段时间。当我在小本子上"画"自己的所见所闻时，其他同学还在那里大抄书中的词句呢。老师终于也发现了我的秘密。那是在一次去乡下钓鱼之后，我在作文中用自己的语言非常生动地描绘了钓鱼的经历。记得我这样写上钩的鱼被我甩出水面时的情景："鱼儿从水里飞出来，就像一把闪闪发亮的银色宝剑，在我的面前飞过去……"老师在作文评讲时读了我的作文，并且把我叫起来，当众问我："这些话，是引用别人的，还是你自己想出来的？"我很高兴地回答老师："是我自己想出来的。"老师没有对我的回答加以评论,他脸上的表情使我琢磨不透。课后,老师把我叫到他的办公室,他从办公桌上拿起我交给他的小本子,表情严肃地问:"这里面的内容,都是你自己观察到的吗?"我紧张地点点头,以为他会批评我。想不到,他却欣慰地笑了起来。我很难忘记他当时对我说的那一番话。他说:"你不喜欢抄别人的话,很好!一个真正有出息的人,应该有自己的思想,写文章,当然也应该用自己的话来写。你就这样坚持做下去吧!"

以上的情景,已经过去三十多年了。现在想起来,依然历历在目。老师的那番话,似乎仍在我的耳边回响。真的,我从心底里感谢我的这位语文老师,感谢他当时对我的这番鼓励。

人生妙境

温暖的烛光

在午后灿烂而柔和的阳光下，弗拉基米尔教堂古老的天蓝色圆顶显得明亮悦目。教堂门前那条石板路也在阳光下闪烁发亮，如同一条波光晶莹的河。这条石板路被彼得堡虔诚的东正教徒们走了几百年，高低不平的路面如果有记忆的话，应该会记住一位俄罗斯大作家的脚步。这位作家是陀思妥耶夫斯基。

陀思妥耶夫斯基在这一带度过了他生命中最后的两年半时光。从他的住宅窗户中能看见弗拉基米尔教堂蓝色的圆顶。陀思妥耶夫斯基是一个虔诚的教徒。住在这里时，除了出门旅行或者卧病不起，他每天早晨都带着他的一对儿女上教堂。附近的彼得堡人都认识这位爱戴礼帽、手杖不离手的大胡子作家。这位平时面色严峻、目光深邃的先生，只要和儿女走在一起，表情便会变得慈祥可亲。这并不奇怪，一个能写出《被侮辱和被损害的》和《罪与罚》的小说家，必定是一个心地善良、感情丰富的人。

陀思妥耶夫斯基的故居在一幢普通的公寓楼中。公寓楼的大门低于地面，进门必须走下几级台阶，如同走进一个地道的入口。大门上方的一扇窗户上，挂着陀思妥耶夫斯基的照片。走进大门时，我的目光正好和照片上的陀思妥耶夫斯基的目光相遇。这是一双在黑暗中凝视远方的眼睛，那沉思的忧伤的目光使我肃然起敬。陀思妥耶夫斯基的寓所在二楼，是一个有五间房子的大套间。门厅的走廊里，陈列着陀思妥耶夫斯基戴过的黑色圆顶大礼帽，尽管过去了一百多年，这顶礼帽依然完好如新。站在门口，面对着走廊里的镜子和衣帽架，可以想象当年主人出门上教堂前对着镜子整理衣帽的情景。这时，他的一对儿女一定已经穿戴整齐了站在门口等候父亲……

陀思妥耶夫斯基逝世于1881年，而他的故居博物馆却到1971年才正式建立，其间相隔九十年。这九十年中陀思妥耶夫斯基故居一直是普通的民宅，房子数易其主，有些房客甚至不知道这里曾住过一位天才的伟大作家。这样的现象在俄罗斯似乎不合常规。因为，俄罗斯人对自己的历史、文化和艺术的珍惜是举世闻名的。在城市的街头巷尾，到处可以发现政府为一些文化人树立的塑像和纪念碑，有些人的名字人们甚至不怎么熟悉。而陀思妥耶夫斯基这样影响遍及全球的作家，为什么会遭到如此冷落？陀思妥耶夫斯基博物馆的讲解员，一位彬彬有礼的小伙子，开门见山地把答案告诉了我，他说："因为早期的苏联领导人不喜欢陀思妥耶夫斯基，把他称为'坏作家'，所以他的故居也只能默默无闻。"

如果说，以前陀思妥耶夫斯基在我的心里有一种神秘感，那么，在走进他的故居之后，这种神秘感便开始逐渐消散。

进门第一间屋子，是儿童室。墙上挂着陀思妥耶夫斯基一对儿女的黑色剪影，玻璃橱里放着父亲送给女儿的生日礼物：一些漂亮的瓷娃娃。地上是儿子玩的木马。桌上摆着几本书：普希金的儿童诗、果戈理的小说选、俄罗斯民间歌谣，这是陀思妥耶夫斯基每天晚上在孩子临睡前给他们念的读物。桌上还有一张字条，上面是六岁的儿子用歪歪扭扭的笔迹写的一句话："爸爸，给我糖果……"

这间房子里的一切,都充满了父爱的温馨,令人感动。陀思妥耶夫斯基一生结过两次婚。第一位妻子是他被流放到西伯利亚时结识的,婚后不久妻子便因病而逝。第二次结婚时,陀思妥耶夫斯基已经四十六岁,而他的妻子安娜只有十九岁。安娜原是陀思妥耶夫斯基雇用的速记员,是一位善良、聪明而又坚强的女性,两人在工作中产生爱情并结为夫妻。安娜共生了四个孩子,不幸夭折了两个。活下来的一对儿女是陀思妥耶夫斯基晚年生活中的欢乐天使。在这间儿童室里,无须讲解员作更多的解释,环顾室内的摆设,便能感受到一种温暖动人的天伦亲情。

儿童室隔壁是安娜的房间,也是他们夫妇的卧室。安娜的桌上有她为丈夫做速记的手稿,也有她为日常生活开销列出的账目清单。安娜的笔迹简洁有力,从中可以窥见她坚强干练的性格。旁边一张梳妆桌上有一张陀思妥耶夫斯基送给妻子的照片,照片上的陀思妥耶夫斯基表情严肃,照片下他的亲笔题词却充满柔情:"献给我最善良的安娜"。在晚年有安娜这样一个好妻子,也许是陀思妥耶夫斯基一生中最大的幸运。安娜不仅是丈夫创作上的得力助手,在生活上对他的照顾也是无微不至。当陀思妥耶夫斯基那可怕的癫痫病发作时,只有安娜的抚慰能使他镇静。安娜乐于为自己的丈夫做任何事情。可以说,她把自己的一生毫无保留地献给了陀思妥耶夫斯基。在俄罗斯作家们的生活中,这几乎是绝无仅有的现象。难怪托尔斯泰曾发出这样的感慨:如果其他作家也有陀思妥耶夫斯基和安娜这样美满的婚姻,那么俄罗斯文学大概会更加丰富。

走过一个小餐厅,就是客厅。墙上挂着一幅宗教色彩很浓的油画,画面上耶稣从天而降,前来拯救两个正在受难的年轻人。这个客厅里,曾经高朋满座,彼得堡一些有名的演员、作家和医生,是这里的常客。一面墙上挂着一些当时经常来这里做客的名流们的照片。晚上,客人们陆续离去，妻子儿女们入睡了。接下来，就是陀思妥耶夫斯基写作的时间。陀思妥耶夫斯基喜欢一个人坐在客厅的沙发上构思他的小说。他的习惯是一边吸烟，一边思索，一个晚上竟可以吸十支烟。深夜，安娜起来为丈夫煮咖啡做点心，走进客厅时，只见缭绕的烟雾包围了坐在沙发上的陀思妥耶夫斯基……

陀思妥耶夫斯基虽然也有贵族的头衔，但他并不富裕。在彼得堡为数不多的靠稿酬为生的作家中，他的生活极其平民化。陀思妥耶夫斯基活着的大部分时光，几乎都在拼命写作，所以有人称他为"写作机器"。我想，在很大程度上，这也是生活所迫。尽管如此，他的作品却不是那种胡编乱造的欺世之作，他的故事来自真实的生活，他的感情发自内心深处。和他同时代的作家中，很少有人像他那样不知疲倦地做着深刻思索。他的作品早已成为世界文学宝库中灿烂夺目的一部分。陀思妥耶夫斯基的生活和创作很自然地使我联想起巴尔扎克。

陀思妥耶夫斯基的书房就在客厅的隔壁。这是一间将近三十平方米的大书房，据说里面的家具和摆设一如当年。在那张柚木大书桌上，陀思妥耶夫斯基写出了《卡拉玛佐夫兄弟》。书桌前有一把雕花木椅，陀思妥耶夫斯基有时也在书房里接待客人，这把椅子是客人们的专座。墙上挂着一幅油画，是拉菲尔的《西斯廷圣母》的临摹品。这间书房，看上去有一种空旷冷寂的感觉，对于它是否真的保留了当年的原貌，我有些怀疑。不过毫无疑问，陀思妥耶夫斯基当年曾天天在这里伏案写作。

1881年2月6日上午，陀思妥耶夫斯基像往常一样正在伏案写作。桌上的一支笔被他的臂肘碰落在地上，他俯身想去捡笔，鲜血突然从口中喷出，随即扑倒在地。安娜闻声赶来，把陀思妥耶夫斯基扶到床上，然后急着要去请医生。陀思妥耶夫斯基伸出一只手，吃力而又平静地阻止她："不必了。去请牧师吧。"他自知不久于人世，不想再麻烦医生。安娜还是坚持请来了医生。在床上躺了一天，陀思妥耶夫斯基感到体力恢复了不少，居然又打算起床继续写作，然而毕竟力不从心，起来后复又躺倒。安娜坐在床边日夜陪伴着他。在昏迷中，陀思妥耶夫斯基一直把妻子的手紧握在他那瘦而宽大的手掌中。2月8日午夜，陀思妥耶夫斯基从昏睡中醒来，他从枕头边拿起一本《圣经》，随手翻开，将颤抖的手随意按在翻开的书页上，然后凝视着天花板，请坐在身边的安娜读出他的手指点到的那一部分的文字。安娜看着《圣经》，低声读道："你们不要控制我，我已经找到了伟大的真理……"陀思妥耶夫斯基听罢大吃一惊，他认为这正是死神的召唤。第二天早晨八点三十七分，这位伟大的作家安然离开了人世……

我久久地站在书房门口，想象着曾发生在这间屋里的一切，想象着陀思妥耶夫斯基在这里所经历的激情悲欢。那张柚木大书桌上，点着两支风吹不灭的电蜡烛。烛光下，摊着陀思妥耶夫斯基未完成的小说手稿。桌角上，是女儿写给他的一张字条，上面写着："爸爸，我爱你。"

讲解员告诉我，这两支永不熄灭的蜡烛是一种象征，象征着作家的创作永远没有停止。讲解员的解释固然很动人，然而在我的眼里，这两支闪烁着温暖光芒的蜡烛也是人间美好感情的象征。被烛光照耀的墙壁上，挂着安娜的相片，相片上的安娜永远以一种亲切宁静的微笑凝视着丈夫的书桌。烛火里，似乎也时时回响着一个小女孩纤弱而又忧伤的呼唤："爸爸，我爱你"……

也许以前很少有中国作家来这里，我们的访问，使年轻的讲解员很激动。临走的时候，他问我："您认为陀思妥耶夫斯基是一位怎样的作家？"我这样回答他："他是一位伟大的作家。他的作品揭示了人类心灵中的很多秘密。他的作品是属于全人类的宝贵财富。"讲解员向我鞠了一躬，然后真诚地对我说："谢谢您的这番话。我要把您的话告诉来这里参观的其他人!"

　　大概是为了报答我,讲解员送给我一张印有陀思妥耶夫斯基手迹的画片。这是他的长篇小说手稿的一页,字迹密集而凌乱,从中可以看到作家思维的活跃。有意思的是他随手涂在稿纸上的一些图案。图案画的是教堂的拱门,完成的和未完成的加在一起,一共有十二扇,它们大大小小,毫无规律地分布在文字的空隙间。我想,这些门,应该是陀思妥耶夫斯基的"意识流"的产物,是他的精神活动在无意间流露出来的轨迹。这些门代表什么呢?也许是一种渴望,是一种对理想境界的呼唤。作家的探索和创造,不正像在努力开启一扇扇锁着的门?有些作家打开了那些门,把门内神秘的世界展现在人们面前,使人们惊叹天地和人心的浩瀚。陀思妥耶夫斯基就是这样的作家。而有些作家,终生只能在那些锁着的门外徘徊。

附录

赵丽宏入选语文教材和教学阅读用书作品一览

《雨中》

上海教育出版社九年制义务教育课本《语文》六年级第一学期(1991年)

人民教育出版社九年义务教育五年制小学教科书第五册(2001年)

人民教育出版社九年义务教育六年制小学语文课本第六册(2002年)

上海教育出版社高中语文教材高三上册(1982年)

人民教育出版社义务教育课程标准实验教科书语文四年级上册同步阅读(2004年)

《小鸟,你飞向何方》

光明日报出版社《当代中国文学名作选读》(1995年)

北京师范大学出版社义务教育课程标准实验教科书《同步阅读文库》五年级上册(2005年)

《周庄水韵》

语文出版社义务教育课程标准实验教科书《语文》八年级上(2002年)

上海教育出版社九年义务教育课本《语文》九年级第一学期(2012 年)

人民教育出版社义务教育课程标准实验教科书语文六年级上册同步阅读（2006 年）

《旷野的微光》

上海教育出版社高中语文教材高三下册（1992 年）

北京师范大学出版社九年义务教育初中语文补充教材初中一年级(2002 年)

《与象共舞》

人民教育出版社义务教育课程标准实验教科书《语文》五年级下册（2005 年）

山东教育出版社九年义务教育六年制小学《语文》第九册（2006 年)

《顶碗少年》

人民教育出版社九年义务教育六年制小学语文课本第十二册（2003 年）

山东教育出版社九年义务教育六年制小学《语文》第十册（2004 年）

上海教育出版社九年义务教育课本《语文》七年级第一学期(2005 年)

语文出版社义务教育课程标准实验教科书《语文》五年级下册（2006 年）

《望月》

江苏教育出版社义务教育课程标准实验教科书《语文》五年级下册(2000 年)

山东教育出版社《小学生阅读文选》第十册（五年级下学期）（2001 年）

《为你打开一扇门》

　　江苏教育出版社义务教育课程标准实验教科书《语文》七年级上册（2002 年）

　　山东教育出版社普通高中课程标准《新课堂语文课外阅读》高一上学期（2005 年）

《致大雁》

　　中国大百科全书出版社《大语文·初中一年级》（2002 年）

　　山东教育出版社《新课程初中语文读本》七年级上册（2004 年）

《诗魂》

　　作家出版社全日制义务教育语文课程标准（实验稿）补充教材《现代诗文阅读》七年级上册（2002 年）

《母亲和书》

　　中国大百科全书出版社《大语文·初中阅读总复习》（2002 年）

《学步》

　　上海教育出版社九年制义务教育课本《语文》六年级第一学期(1991 年）

　　北京师范大学出版社义务教育课程标准实验教科书《语文》六年级下册（2003 年）

　　人民教育出版社义务教育课程标准实验教科书《语文》五年级上册同步阅读（2005 年）

《二寸之间》

　　辽宁人民出版社《新读写大语文》初中 A 卷（2002 年）

《囚蚁》

　　湖北教育出版社义务教育课程标准实验教科书《语文》六年级上册（2007 年）

《不褪色的迷失》

华东师范大学出版社教育部高职高专规划教材《实用语文（第一册）》（2000 年）

《假如你想做一株蜡梅》

华东师范大学出版社高级中学课本（试验本）《语文阅读部分》一年级第一学期（2002 年）

浙江少年儿童出版社配合新课程标准《半小时阅读》九年级（2006 年）

《最后的微笑》

山东教育出版社《新课程初中语文读本》九年级上册（2004 年）

《蝈蝈》

湖北教育出版社义务教育课程标准实验教科书《语文》七年级上册（2003 年）

《炊烟》

浙江教育出版社义务教育初级中学课本（试用）《语文》第一册（1996 年）

《历史》

人民教育出版社义务教育三年制、四年制初级中学语文自读课本第二册（2001 年）

《青春》

北京师范大学出版社义务教育课程标准实验教科书《同步阅读文库》六年级下册（2003 年）

《山雨》

人民教育出版社九年义务教育五年制小学教科书《语文》第七册（2001 年）

人民教育出版社九年义务教育六年制小学教科书《语文》第八册

（2002 年）

山东教育出版社九年义务教育六年制小学《语文》第九册（2004 年）

《西湖秋意》

山东教育出版社《新课程初中语文读本》七年级下册（2006 年）

《晨昏诺日朗》

江苏教育出版社普通高中课程标准实验教科书必修一（2005 年）

华东师范大学出版社高级中学课本语文一年级第二学期（试用本）（2007 年）

《三峡船夫曲》

上海教育出版社高中语文课本高一下册（1992 年）

《风啊，你这弹琴的老手》

山东教育出版社《新课堂语文课外阅读》九年级下册（2005 年）

《流水和高山》

高等教育出版社《高等职业教育教材：高职语文》（2006 年）

《人生是一本书》

高等教育出版社中等职业教育国家规划教材《语文（提高版）》第三册（2002 年）

《光阴》

人民教育出版社《现当代散文诵读精华·初中卷》（2003 年）

《我们的国歌》

教育科学出版社九年义务教育三年制初中教科书第一册（2000 年）

《贵在创造》

山东教育出版社《小学生阅读文选》第七册（2000 年）

《敲门》

韩国现代教育出版社韩国中文教材（2008 年）

图书在版编目（CIP）数据

人生妙境/赵丽宏著. —济南：山东文艺出版社，2022.1
ISBN 978-7-5329-6482-6

Ⅰ.①人… Ⅱ.①赵… Ⅲ.①散文集-中国-当代 Ⅳ.①I267

中国版本图书馆CIP数据核字(2021)第249834号

人生妙境
RENSHENG MIAOJING

赵丽宏　著

主管单位	山东出版传媒股份有限公司
出版发行	山东文艺出版社
社　　址	山东省济南市英雄山路189号
邮　　编	250002
网　　址	www.sdwypress.com
读者服务	0531-82098776（总编室）
	0531-82098775（市场营销部）
电子邮箱	sdwy@sdpress.com.cn
印　　刷	肥城新华印刷有限公司
开　　本	640毫米×960毫米　1/16
印　　张	16
字　　数	190千
版　　次	2022年1月第1版
印　　次	2022年5月第2次印刷
书　　号	ISBN 978-7-5329-6482-6
定　　价	30.00元

版权专有，侵权必究。如有图书质量问题，请与出版社联系调换。